金牌小说

Awarded Novels
长青藤国际大奖小说书系

Miracles on Maple Hill
枫树山的奇迹

〔美〕弗吉尼亚·索伦森 著　陈静抒 译

晨光出版社

前言 PREFACE

住在高高的山上

刚来美国的时候，我在落基山的支脉上，一个地图上找不到名字的高原小镇拉若米住了三年。每每被人问起的时候，我总爱说，那是一个什么样的地方呢，就是从九月开始飘雪花，到来年五月还要穿羽绒服的地方；就是连壶水都烧不开，八九十度就会沸腾的地方。作为一个热爱城市的人，我几乎是逃一般地离开了那个地方。然而没有想到的是，在离开那里之后，翻开一本《枫树山的奇迹》这样的书，会让我脑海深处所有关于拉若米的美好记忆，全都涌上了心头。

也许不管是新英格兰地区还是落基山上，所有的高山生活都是一样。刚去拉若米不久，有一次参加美国人组织的野餐，就在城郊树林里的一片空地上。八月的拉若米，太阳刚一落山，就已经寒凉得要裹紧风衣了。暮色四合，我们熄灭了篝火往树林里的车子那边走过去，我拉开车门转身正要叫同伴，一抬头就看见身旁的树枝间，一头小鹿正瞪大了眼睛在瞧着我。那是我有生以来第一次在动物园以外的地方跟鹿这样碰面。在当时当刻，我也像本书的主人公玛莉那样，被这山里的奇迹给震晕了，做了和她一模一样的傻事——失声尖叫起来，吓跑了小鹿。当然，后来在拉若米住了三年，我也像玛莉他们一样，慢慢见到了更多的奇迹：春天的草地上争先恐后钻出来的土拨鼠，夏天的土狼和浣熊，还有最迷人的，夏日的朝霞里，披着一身橘红皮毛的小狐狸一家。然而我永远忘不了的，还是那第一只小鹿懵懂的眼神，就像玛莉永远忘不了一脚走进枫糖营地里，闻到那又像是丁香花，又像是盛开的果园一般，枫树山的第一个奇迹吧。

住在高高的山上，到底会有怎样的奇迹发生？玛莉一家带着对枫树山的信念来到了高山上，玛莉和乔这两个来自大城市

枫树山的奇迹

在这山里，天地岁月物华美好，
这一切值得每一双眼睛。

匹兹堡的小学生和妈妈一样，抱着"治好爸爸"的念头又选择留了下来。他们在这里经历了造物的奇妙变化，也看到了时光的大手怎样抚过各种伤痕，就像抚过枫树上的那些疤。爸爸到底有没有治好，这其实也并不比第一滴枫树液什么时候落下来，或者银色的月光下那一群狐狸要去哪里更叫人牵挂。而除了受伤的爸爸、遭遇意外的哈利和克里斯先生，玛莉和乔他们自己也收获了意想不到的成长。你能想象吗，会有什么样的事情，能让逃学检察官都帮着你一起逃课？这是在高山之外，永远也无法拥有的生活。

对于熟悉美国新英格兰地区的读者来说，这本书更像是对《瓦尔登湖》的一场致敬。故事里的隐士哈利脱口就能说出这书里的句子；最最率直的克里斯，恨不得自己掏钱买果子给松鼠吃的克里斯，也正像《瓦尔登湖》里说的"真正的农夫"那样，贡献第一颗果实，也献出最后一颗果实——甚至是他自己。

在快离开拉若米之前，有一个冬天的傍晚，在薄暮里，远山的轮廓映照在白亮的夕阳余晖下，衬着黝黑的蓝天，那是我这辈子见过的最美的傍晚。在那一刻，我曾在心里拼命地叫自己记住。也许我以后都不会再来这里了，但是我希望我能记住这一刻的感动，在将来说给我的孩子听。在这山里，天地岁月物华美好，这一切值得每一双眼睛。就像契诃夫说过的那样："我们需要这样的生活，我们值得这样的生活，要是这样的生活我们现在还没有，至少我们得相信它，期待它，渴望它，为它做准备。"或者至少，读一遍《枫树山的奇迹》吧。

陈静抒

目录
CONTENTS

第一章	到户外去 There's All Outdoors	1
第二章	初识克里斯先生 Meet Mr. Chris	16
第三章	枫树山 Maple Hill	26
第四章	第一个奇迹 The First Miracle	37
第五章	薄煎饼 Pancakes	49
第六章	雪地靴的旅程 Journey for Meadow Boots	61
第七章	狐狸 Foxes	76

枫树山的奇迹

在这山里,天地岁月物华美好,
这一切值得每一双眼睛。

第八章	隐士哈利 Harry the Hermit	95
第九章	重大决定 A Big Decision	115
第十章	乔的善行 Joe Does a Good Thing	136
第十一章	回到开头 The Beginning Again	157
第十二章	再也不吃鸡腿了? No More Drumsticks?	167
第十三章	金枪安妮 Annie-Get-Your-Gun	182
第十四章	克里斯先生尝一尝 Mr. Chris Gets a Taste	193

第一章

到户外去
There's All Outdoors

"妈妈,那几句催着赶快走的话,你再说一遍吧。"玛莉说道。

她朝前倾了倾身子,趴在妈妈的领子上,凑着她的脖子说:"就用你外婆那样的语气说。"

"玛莉——再说一遍?"妈妈问,"另外亲爱的,别对着我的脖子吹气,好吗?"妈妈正在开车,这条路窄得很,还积满了雪,挺不好走的。

"就再说一遍嘛,用她那样的语气。"

玛莉注意到,妈妈朝坐在副驾驶座上的爸爸看了一眼。她能感觉出来,妈妈是怕爸爸不想老是一遍一遍地听同样的话。爸爸今天特别累,他都叫妈妈开车了,肯定是累得不行了。这会儿,他坐在那里闭着眼睛,下巴都埋到夹克的领口里去了。

可是,实际上,玛莉是为了爸爸才要求妈妈说那句话的。也许他们以为她不知道全家人为什么要去枫树山,可其实她知道。

"就再说这一次,我保证以后再也不让你说了,我保证。"玛莉说。

哥哥乔从窗户边转过头来,挪了挪身子。从匹兹堡过来的这一路上,他都像只苍蝇一样贴在窗玻璃上。"你干吗不自己说一遍?"他问道,"妈妈都跟你说过一千遍了!"

"我就是想听妈妈说嘛——最后一遍了。"

要是乔再问她为什么非要妈妈说这话,玛莉可就回答不上来了。事实上,只要妈妈一说起那几个字,所有美好的感觉就全都回来了。那些字眼里包含了太婆的整个屋子,院子,还有整个的枫树山。自打玛莉记事起,妈妈就一直用那样的语气描述着这些事物。那里面有太婆,有太婆那鸟雀一般的嗓音,有她假装生气其实压根儿就没生气的样子;那里面也有妈妈,另一个样子的妈妈——不是现在这个她,而是跟玛莉一般年纪的她。那时候，每年夏天，她都会来这个坐落在宾夕法尼亚州一隅的枫树山，探望外婆。

玛莉不知道那短短的几个字里怎么会包含那么多东西，可这就像一听到打铃的声音，所有关于学校的记忆就会涌上来一样，或者就像篱笆上的一只知更鸟能带来所有关于春天的感觉一样。

爸爸睁开了眼睛。"丽丽，你就说吧，说了就完事了。"他说着，并没有看妈妈、玛莉或者任何人一眼。他喜欢自己开车，尤其是在路况这么不好的地方。可他太累了。他刚回到家的时候，人们都很惊讶，因为他们没想到他当了兵、被俘虏，最后还能回来。那时玛莉就听到他对妈妈说："我看我要一直这样累下去了。"

可是妈妈回答他说："不会的。我说，戴尔，我一直在想，我们可以到枫树山外婆的老房子那里去住几天，你需要多去户外走走。"

"说真的，玛莉，我就不明白——"妈妈开口道，但她叹了口气，便说了那句话。在玛莉还很小的时候，妈妈每次说起这几句话时，只要有一丁点儿不一样的地方，她就会纠正妈妈，所以现在妈妈总是说得分毫不差。每一个音节，每隔一个词，都咬得重重的，像在唱儿歌：

"快点儿出去，你们两个，在想什么呢？爬山去，到户外待着去！"

就是这个！玛莉坐了回去。到户外待着去！这就意味着不会有很多时间待在屋里，屋里有那么多麻烦。玛莉眼前浮现出那个穿着蓝裙子、系着白围裙的小妇人的形象。妇人手里拿着一把扫帚，如妈妈所说作势要把孩子们扫出门外，因为妈妈他们到那儿之后老喜欢待在屋子里。很久以前，妈妈第一次说起这事的时候，玛莉就问过她："你们干吗喜欢待在屋子里，不出去玩呢？"妈妈大笑起来："我外婆以为，那是因为我们在城里已经习惯被关起来圈养了，习惯四面都是墙，头顶还有天花板，天空和乡下反倒把我们吓坏了。我外婆不喜欢城市，我们一直都没能说动她来一趟我们家。她坚持要我和哥哥每年夏天都去她那里，到枫树山上去住。她对我们说，一个能让孩子自由自在奔跑的地方才算是个地方呢。"

一直在户外！玛莉也像乔那样，把脸贴在窗户上，朝外面看去。

也许吧，她想，不仅仅是因为城市的关系。她还记得在城里也曾有过快活的时光，在爸爸走之前。甚至在他走后，时不时也很快乐。妈妈很上心。他们一家三口会在周日的下午去博物馆，去听匹兹堡交响乐团的演出，在公园里野餐。因为爸爸不在，人人都替妈妈难过，没人想到他还能回来，但他终究还是回来了。

爸爸回来之前，他们的日子反倒过得还要好一些。可这个念头她连想都不该想。谁会有这么可怕的念头呀！可是眼下，家里愁云笼罩，就连大声关门，爸爸都会立刻叫起来："谁大声关门了？谁？"玛莉还没来得及跟他解释是风吹的，妈妈就会冲进来说："嘘！嘘！嘘！"

要是待在户外就好多了吧。妈妈是这么想的，会是这样吧。情况已经好些了。自从出了家门，这最最美妙的两个小时里，窗外掠过了高山白雪，高大的树木和农舍，间或夹杂着一座漂亮的小镇子，接着又会重复着一样的风景。

"玛莉，"妈妈紧张地说着，微微转过头来，眼睛还盯着路面，"可别指望那里和我描述的一模一样。太婆不在枫树山都快二十年了，你约翰舅舅倒是会时不时地回去住上一阵子，可是……反正，那里肯定破旧得很了，不像我们一路看见的这些可爱的农场。"

"我知道，"玛莉说，"可我们会把它修好的。"

这是妈妈第一次说起要到这里来的时候所说的话，玛莉听到了。她还看到当时爸爸习惯性地跳了起来，对妈妈说："你的意思是把我给修好吧？"

"戴尔，我没那个意思。"

"你就是这个意思。"

"好吧，好吧，"妈妈说着，涨红了脸，"我们干吗不有话直说呢？我就是这么希望的。"

这是不久前的事，就在新年那几天。新年总是和美妙连在一起，街上的一切都是那么美妙，到处张灯结彩，树上装饰得琳琅满目。市中心的街道上，每一扇橱窗里都堆积着五彩缤纷的东西，响亮的风琴声都能把人行道震得颤抖起来。然而今年一切都不对劲了。新年的早晨，爸爸甚至都没从房间里出来看看礼物。妈妈勉强微笑着解释，说他太累了，心情不好，不是故意要对大家发脾气。他生病了，很消沉，不是生大家或是谁的气。这是两回事，妈妈说。

这是肯定的，可屋子里还是充满了紧张和难堪的气氛。乔一吃完早饭就去找朋友玩了，放假那几天他每天都有地方可去。

有一次他们谈起来枫树山的事情，爸爸是这么说的："丽丽，不知道我行不行呢，砍那些木头什么的。你觉得我还挥得动斧子吗？"

"嗨，怎么不能？"妈妈说，"乔也能帮忙，他都十二岁了，不是吗？我外婆总说，这个年纪的小孩就不讨人嫌了,开始能帮得上手了。"

再过两年我也十二岁了!玛莉心想。她沉浸在自己砍下一堆又一堆木柴的幻想中,忘记去听爸爸妈妈接下来又说了什么。她正幻想着把一块木头放到一堆比她还高的柴堆上时,妈妈说了一句更有意思更吸引人的话,把她的注意力又拉了过去。"我小的时候,住在外婆那里的时候,"妈妈说,"曾相信枫树山是一切奇迹发生的地方。"

爸爸没有笑,有那么一会儿,他们两个好像一起屏住了呼吸。接着爸爸说道:"我看不会有什么奇迹了——哪怕是在枫树山上。"

"去了就知道了。"妈妈说。

那是新年刚过去不久。眼下是三月,他们来了,就要知道了。

"到这里就不远了。"妈妈说。

到了这里,车窗外面似乎全是树,两旁的树木紧紧地挨着马路,时不时地有光秃秃的树枝扫过车身,洒落一些雪下来。这是毒芹的枝条,有一种被霜打过的绿色。妈妈换了个挡,汽车伴随着一阵巨大的黑色噪声,驶在这一片无边的白色静谧之中。

"这山真陡啊。"妈妈说,"我看这车是开不上去了。"

大家都朝前倾了倾身子，好像这样能帮上点儿忙似的。车子走得很吃力。"我听说过那些在春天里开山路的故事，"妈妈假装不在意地说着，"可我都是在夏天来的，从来没相信过那些话。"

车子定定地停在原地，车轮还在轰隆隆地空转。玛莉看到爸爸的脸一沉，就像他平时生气或者沮丧的时候那样。他的脸颊拉了下来，玛莉都能看到他脖子上青筋暴露。妈妈踩着油门，车轮的响声更大了，马达轰鸣起来，像卡车一样。

"要不我下去推一把？"乔急切地说。

"正需要这个呢，"爸爸生气地说，"就缺你去推一把了！"

乔涨红了脸，而爸爸的脸是白的。妈妈一遍一遍地踩着马达。

"行了，丽丽，让轮子空转又有什么用呢？"爸爸说。

车子不响了，四周一下子安静了下来。寂静就像在从四面八方涌来，把他们包裹在中间。车头翘着，搭在长长山路这一段光秃秃的起始点上。

"这里离克里斯家应该不远了，"妈妈说，"也许他们能拉我们出去。这里的人以前经常这么做。"

"我们连防滑链都没想到带上，"爸爸说，"还来这里当什么农民!"

"妈妈——"玛莉刚要开口,就被乔打断了。他把她想说的话都说了,只除了她本来要说"我们",而他说的是"我"。

"妈,我这就穿上靴子去叫他们。"乔说。

"我也去。"玛莉说。

乔居高临下地看着她。"你只会拖累我。"他说。最近他老是这么跟她说话,哪怕事实根本不是这样的时候也是如此。不过玛莉不能反驳,因为一反驳他们俩就会吵嘴,而爸爸觉得吵嘴就是打架,得立刻停止。他说这个世界上打架的人够多了,不需要再加上他们俩。

妈妈迟疑了一下。"不知道还有没有——"她朝爸爸看去。

"我的靴子在后备厢里。"乔说着就下了车。

"我的也在,我去拿!"玛莉叫道。

"他还没穿上靴子脚就要湿透了,"妈妈说,"谁能想到这上面还有雪呀。"她的声音里透着担忧。爸爸一个字也没说,他就定定地坐在那里,朝挡风玻璃外的长长山路望去。

"妈妈——爸爸——我也要去!乔知道我能走得跟他一样快,他知道我行的!"玛莉叫道。

"别吵了！"妈妈说，"没必要让你们俩都冻个半死。"

"妈妈，不会的——"

"好了，玛莉！别吵了行吗？"妈妈说。她朝玛莉看了一眼，意思是说：别再争了，不然爸爸又要烦了。

"求求你了！"

"玛莉！听到我说的话没有？"

"可是，妈妈——"

"玛莉，不要吵了！"爸爸的语气很凶。

乔拿着靴子爬回车上穿好，把裤腿塞了进去。瞧他显摆的，搞得自己就像是美国总统一样郑重其事。有那么一刻，玛莉简直恨死他了。只要他说一句想和她一块儿去，她就能去了，可他偏不说。她总是说自己到哪里都想和乔一道，事实也的确是这样。可他从来不说，从来不说，从来都不说！

"帮我说句话嘛，乔。"她压低嗓子说道，免得被爸妈听见。

可是乔就像没听见似的。妈妈说："到山顶上差不多就能看到克里斯家了，是建在道路尽头的一栋白色大房子，有绿色的百叶窗，后面还有一个好大的红色谷仓。我肯定房子旁边——"可她的语气听起来一点儿都不像很肯定。

"房子旁边有谁你就跟谁说话。"爸爸说。

"但愿我记得没错。"妈妈说,"他们人很好,和我外婆是好朋友,跟约翰和我也很好。"

乔出去了,他显得尤其郑重,把手套都拉到了袖子上面。玛莉又开口了:"妈妈——"可妈妈只是严厉地看了她一眼。乔出发了,还转过身来微笑着挥手。玛莉又开始恨他,这一次比以往更恨。一眨眼的工夫,乔就沿着山路一点一点地变小。他们三个静静地坐在车里,看着他的背影。等他到了山顶,玛莉对他的爱又恢复了。她打开车门,在汽车的踏板上跳着跟他挥手。他也挥手了。他的帽子看上去火红火红的,很小,在天空的映衬下,逐渐变成白色山路上一个小小的红点。

"老天,快关上门。等在这里把自己冻死有什么好处?"爸爸说。

可玛莉没在听。"我闻到烟味了。"她说,"看——就在那里!"

就在山上不远的地方,在她站着的这一边,空中盘旋着一道蓝色的烟雾,它从树丛中袅袅地升起,看着还挺可爱的。

"妈妈,我去看看好吗?"她问道。

妈妈和爸爸交换了一个眼神,又都朝乔消失的方向看去。

"我看到那边有一条小路,就从那里拐过去。瞧见没?就在我们后面。之前我们都没注意到。"

"没什么要紧吧?反正我们也是在这里等着,这样省得她老是——"妈妈打住了话头。她差点儿要说:省得她老是在这里吵吵嚷嚷的,闹得不得安生。

玛莉瞧见爸爸妈妈的眼神像是在说"也没什么不行吧",便爬下车去拿自己的靴子,沿着之前乔的脚印走去。现在轮到她出发了,轮到她转过身来从小路那里挥手,沿着车辄辘的印子走了。

"别走远了,快点儿回来!"妈妈喊道。

"这边有马的蹄印!"玛莉朝回喊道,"还有拖拉机的车印!"

接着这路就转进了树林里。

这里真美,真美啊!山地高高低低,遍地是雪,除了蜿蜒从中穿过的小路,到处都覆盖着完好的白雪。可是这里还有另一条小路,穿进树丛里去了。玛莉站在那里,思索着。车轮印子转了个弯,到了那边,那边,绕了个大圈,然后……她愣愣地站在那里望过去。周围每棵树上都挂着亮闪闪的小桶,每个桶上都有一个尖尖的盖子,就像一顶小帽子。她以前在学校的一本书上看到过一张

Miracles on Maple Hill

这样的图片。

接着她听到前面好像有人在砍木头。斧头落下的声音清晰而响亮。然后她就看到了砍木头的人。他手里的斧子举起又落下，玛莉才刚听见斧子砍在木头上的声音，那人便又举起了斧子。他的身旁是一大堆木头，木头后面是一栋棕色的小屋，屋子上有一个高高的棕色烟囱，蓝色的烟就是从那里涌出来的，上面还有一个小顶盖，就像是压在一大团奔腾的白色蒸汽上面。

玛莉又朝身后的小路看去，仿佛再往前走上一步，周围这平常的世界就会消失，她就会走进一片奇境之中。此刻就连身后的景象和声音都不属于这里。她身旁的一棵树上，挂着的小桶里传来清晰的"滴答——滴答——滴答"的声音。

她走了过去，那人瞧见了她。他停下手中的活儿，挥了挥手，脸上挂着微笑。忽然，他扔下斧子朝她走了过来。玛莉不知道该继续往前走还是转身就跑。可她还是走了过去，等她走近了，那个人忽然大叫一声："丽丽！老天爷！你是丽丽！"

他伸出手来，她闻到了他工装服上的烟味。闻起来味道不错，好像烟熏肉。他的脸圆圆的，红扑扑的，身材也壮得不得了。他握住她的双手，大笑着，连带着穿着蓝色牛仔裤和汗衫的巨大身躯都震动起来。

"瞧我竟然叫你丽丽!"他说,"你肯定是她的女儿玛莉!你跟你妈妈长得真像。我是克里斯先生。"

她还没来得及说话——说他们的车子陷在路上或是别的什么——他就又大笑着说:"玛莉,你闻到了没?闻到枫糖屋飘来的味儿了吗?今天早晨我还在跟我老婆说,这次丽丽是奔着春天的第一口呼吸回来了。"

玛莉闻到了,是甜味,像是丁香花丛里飘来的一缕味道,又像是穿过了一座盛开的果园。然而又不一样,是不一样的一种甜味——

"你太婆说,这就是户外的味道。"克里斯先生说,"树液出来时,她管这叫枫树山上的第一个奇迹。"

玛莉惊奇地抬头望着他。原来妈妈说的奇迹就是这么来的呀。

"你家人呢?到屋子里去了?"他问。

转眼他们就回去救援了。克里斯先生带了两匹大马来驮树液。他说,在这种陡峭的山路上,拖拉机也会翻跟头。不过最后还是拖拉机匆匆把车拖回了家。玛莉就坐在克里斯先生旁边。明晃晃的橙色拖拉机在白雪的映衬下,沿着林间的小路轰隆隆地开过去。玛莉觉得自己就像坐在高高的战车上的皇后。

第二章

初识克里斯先生
Meet Mr. Chris

玛莉知道乔会不开心，可看到他大吃一惊的样子时，她还是忍不住高兴起来。车子开到他身后的时候，他才刚刚奋力地走过写着"J.克里斯"名字的信箱。玛莉高高地坐在拖拉机上，身边就是克里斯先生，车子就像拴在链子上的小狗一样拖在后面。

"我找到了克里斯先生！"她对乔喊道，"我看到那边有烟，然后就找到了他！"

她知道爸爸看到她这样炫耀会不高兴，可是总得告诉乔一声，对吧？乔站在那里，眼珠瞪得好像凸了出来，就像蜗牛的触角一样。

"哦，你就是乔吧。"克里斯先生说道，俯下身子用大大的手掌扶住乔的肩头，满是亲昵地摇晃了一下，"你怎么这么快就走上山了？我刚才还跟你妈妈说今天要是不穿雪地靴，没人能走上来呢。"

乔笑了起来，立刻觉得好过多了。克里斯先生是那种希望大家都开心的人。玛莉心里涌起一股愧疚，因为自己刚才的炫耀弄得乔很不开心。不过，她也希望乔能为把她丢下的事而感到一丝愧疚。

但就算乔是这么觉得的，他也一点儿都不会表现出来。他跳上拖拉机，差点儿把玛莉挤下去。

"悠着点儿，够大家坐的。"克里斯先生说。

拖拉机沿着小径轰隆隆地开到了那座大房子的门口。一个女人走到门廊上来，双手插在围裙里保暖。玛莉从没见过她这么好看的白头发。妈妈以前来枫树山的时候，太婆一定也是这个样子的。玛莉心想。不过眼前这位是克里斯太太。

"克丽西，他们来了！"克里斯先生喊道，"知道吗？是我把他们拉上山来的，就跟你之前说的一样。"

克里斯先生和太太哪里是从前认识的邻居，简直就像是妈妈的亲人一样。他们彼此拥抱、亲吻，喊着彼此的名字。"丽丽！真是太好了……哎呀，你简直一点儿都没变。这两个孩子不会就是玛莉和乔吧？我还老想着他们俩是小婴儿呢。"

爸爸独自站在一旁,就像每次家里来客人时那样。但妈妈就像往常一样,转过身来向他介绍道:"克丽西,这是戴尔"。

她说"这是戴尔"的时候,语气和说起"这是玛莉"或者"这是乔"的时候不大一样。玛莉喜欢那声音和眼神里所包含的意思,像是在说:瞧,这多好呀。爸爸离家那么久,人人都以为他再也回不来了,可他却回来了,这是不是好极了?

克里斯太太抱了抱爸爸,双手扶着他的肩膀站在那里看着他。"你跟照片上一样,不过没有以前那么瘦了。我从报纸上剪了照片下来,贴在厨房的墙上。"

爸爸僵直地站在那里,像每次听到人家说他是个怎样怎样的英雄,他们怎么怎么久仰大名时那样。

妈妈说:"对了,克丽西,我还从没在收割枫糖的时候来过这里吧?我记得我一直都想来,外婆也一直都想要我来,可以前不到学校放假我们总也来不了。"

"糖季已经开始一个月了。"克里斯先生说,"今年是近几年来收成最好的一年。我和克丽西一直在说,今晚你们都该去作坊那边。"

"妈妈,我们去吧!"玛莉叫道,"乔,那里有一座棕色的小房子——"

"我知道什么是枫糖作坊。"乔说。

"去枫树山之前你们得吃点儿东西。"克丽西说,"我已经叫我们家的帮工弗里兹去你家生火了。我想大冷天去那里——"她看着妈妈,皱起了眉头,这跟她的脸色一点儿都不协调。"丽丽,这会儿我也帮不上什么忙,"她说,"要是我早点儿知道——"她在那间大大的温暖的厨房里忙活了起来,那里有一个比一般人家要大一倍的炉灶,还有一张三米长的桌子。

"我特意没早说,就怕麻烦你们。"妈妈说。

玛莉快快地看着他们摆放餐具,她溜到妈妈身边,凑近了说道:"非得留下来吃饭吗?"她一刻也等不及要去枫树山上看看了。

"嘘。"妈妈说着,脸红了。

"干吗要在这里吃呀?"乔也低声说道,这次他和玛莉站在一边,"我们带的那些午饭——"

爸爸听见了。"你们俩给我坐下来,规矩点儿。"他说,"照妈妈说的做。"

这一天眼看就要过去,结果他们就是做客来了,还得等到明天才能走。虽然克里斯先生和太太人很好,可是不到枫树山,一切都是白搭。他们可是花了好几个星期谈论和担心之后,才决定到这里来的,简直比等待新年还要焦急。现在眼看就要到了。"从克里斯家再过去一点点就到了。"妈妈总是这么说,可结果还是看不到。

"我还不饿,也许我和乔可以——"

"好了,别说了。"妈妈说道。

但克里斯太太已经听到了。她微笑着望着玛莉。"到那里就饿坏了可不行呀。"她说,"别一到那儿就让妈妈为了喂饱你们而操心,她可有一大堆活儿要忙呢。"

克里斯先生得去作坊里看火了。"妈妈,我们能跟着一道去吗?"玛莉问道,这可算是仅次于赶到枫树山的好事情。

"再说吧,也许明天可以。"妈妈说着,给了玛莉一个眼色,像是在说"你可真是个小麻烦……"。

他们目送克里斯先生登上那台明晃晃的拖拉机,上了小径,沿着小路下了山,像是跌出了地球一样消失在山那头。

"乔,那里可有意思了。有好几百棵树,上面挂着小桶,像是串着坠子的手链。小棕房子里冒着烟,就像《糖果屋》里巫婆的房子一样。"

"我读过关于枫糖作坊的书。"乔说。他还在为玛莉比他先看到这件事而懊恼,还有,救兵也是她叫来的。

"但是还有那股味道,妙极了。"她说,"这你的书上就没有了吧?"

事实上,在克丽西家吃饭也妙极了。吃过她做的食物,你就知道克里斯先生为什么这么壮了。克里斯太太一点儿也没有手忙脚乱的样子,几分钟就准备好了一切,因为她知道他们今天要来。她也知道他们都着急得很,并且对此一点儿都不介意。

"要我一块儿去吗,丽丽?我也能稍微帮上点儿忙。"她说,"我们一直都留心着那块地方,可是那房子空了这么久——我说不好了,估计有些地方都散架了。克里斯写信跟你说过有人破门——"

"他说过。"妈妈说,"没事,但我们会弄好的。说起来,我们就是为这个来的,我们来就是干这个的。孩子们回去上学之后,戴尔会一直留在这里干活儿。"

"那可得经常来我们家吃饭。"克里斯太太说。

爸爸开始回绝。

"添双筷子怕什么呀。"克里斯太太笑道,"你可要养点儿膘了,戴尔。我最喜欢把别人喂得肥肥胖胖的了。"

爸爸的脸绷得紧紧的。玛莉屏住呼吸,想起了出发前他对妈妈说过的话。"我想一个人待着,希望没有什么乡下好邻居那一套。动不动就互相串门吃饭,把对方的事都摸得一清二楚。"

玛莉看得出来,妈妈也注意到爸爸的表情了。妈妈迅速站起身来,说道:"好了,我们得出发了。克丽西,这顿饭吃得太好了。"

克里斯太太又站在门廊上,跟他们挥手再见。"要是车子又陷在半道上,就使劲按喇叭,使劲按!"她喊道,"但应该不会,弗里兹早上扫过雪。"

玛莉兴奋得握紧了拳头。马上就要到了,她想。乔的脸又紧紧地贴在玻璃窗上。"乔,不是在那边。"玛莉说。

他看了她一眼,问:"你怎么知道?"

妈妈也大笑着转过身来。"对呀,玛莉,你怎么会知道?我好像没说过呀,是不?"

有那么一会儿玛莉自己也困惑了。她看到这整个地方,这斜坡,这些树,这依山而建的谷仓,全都在她的脑子里。她猛地明白了,说:"你说过,你喜欢坐在门廊前看日落。"

妈妈和爸爸交换了一个眼神,好似在说"瞧这孩子,她可真行"!乔也挤了过来,从玛莉这边的车窗朝外看,一脸下定决心的样子。玛莉知道他在想什么,之前发生了那些事,眼下他肯定是希望自己第一个看到枫树山。她决定让给他。男生真奇怪,好像不争个第一就不算男生似的。

太阳倏地冒了出来。一整天都没见着的太阳,此刻忽然从云后面钻了出来。四周的白雪亮晶晶的,像装饰棉一样。可惜只有那么一分钟,很快太阳就又消失在云后了。那炫目的一瞬像是魔法棒一挥,枫树山上的屋子豁然就出现在眼前。

她以为乔绝对看不到呢,却忽然听到他说:"是那个吧?

那个小房子——"

"就是它。"妈妈肯定地说,把车停在路边,"我说过它很小,是吧?"

"可是很漂亮,小而漂亮。"玛莉立刻说道。房子确实很漂亮,虽然在这广袤的乡间,它看上去是那么渺小和残破。门廊上堆积着厚厚的白雪,有一级台阶都朽坏得掉了下来。顶着白雪的灌木垂在篱笆上方,这里看上去像是有一百年没人住过了。山上的树木又高又大,全是光秃秃的,像骷髅一样。

"我最喜欢那些窗户了。"妈妈像是想找点儿什么好话来说说。

玛莉注意到,那窗户都是小小的方框,挂着歪歪斜斜的百叶窗。

"等挂上打着褶的白窗帘,要多好看有多好看。"妈妈说着。

大家都坐在车里没出声,一时间谁也想不出要说什么。最后爸爸开口了:"弗里兹生了好大一堆火啊,瞧那烟囱里冒出来的烟。"

"我先进去!"乔叫道,"妈妈,我去开门吧?"

"这项特别的荣誉应该抛硬币来决定给谁。"爸爸说着,看看玛莉。

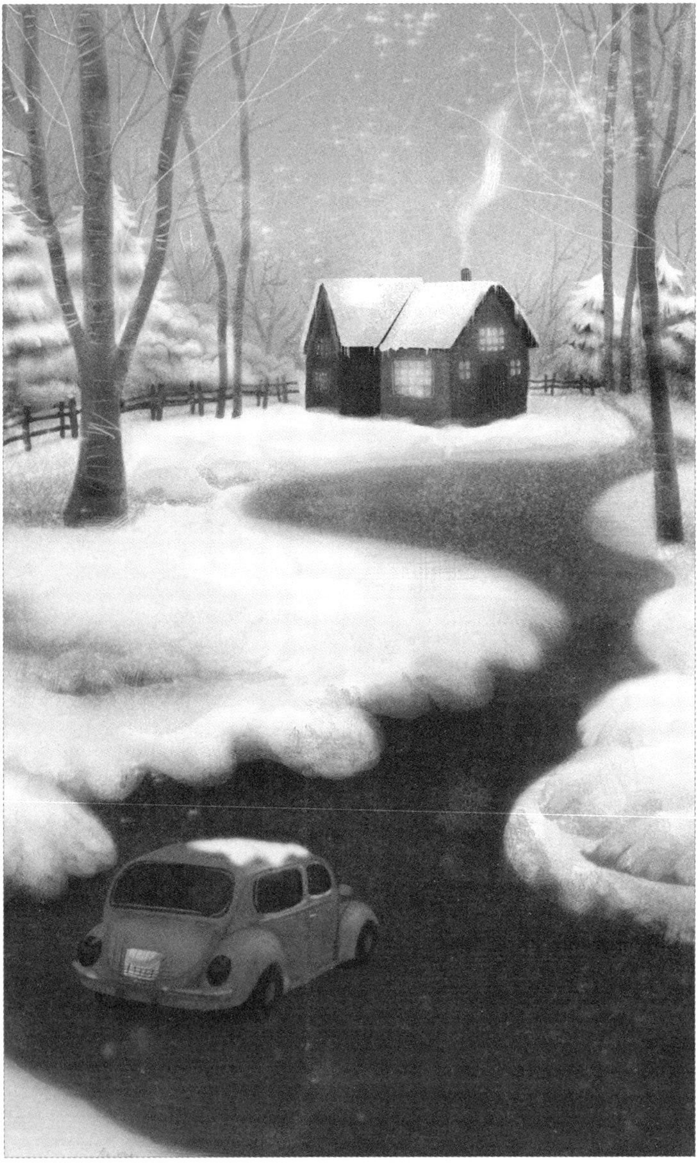

可是玛莉摇了摇头。乔下了车冲向后门，爸爸妈妈也跟着去了。玛莉静静地坐在那里，她想留点儿时间，跟自己说一些早就盘算好了的话。

这里应该是那样的一个地方——全都是户外，有奇迹发生。人烟稀少，也没有臭脾气和坏心眼儿的人。爸爸不会再觉得那么累，妈妈也不用再担心。可这里看上去有点儿小，还有点儿旧。玛莉不禁担心起来，眼下真的到了，这里看起来却又不太像是那样的一个地方了。她真希望大家都还在路上，就像有时候新年本身并没有准备过年那么有趣，也许惦记着枫树山也要比枫树山本身更美好。

她轻轻地说道："求求你，要有奇迹啊。"

"玛莉！"妈妈喊道，"你怎么还不进来？"

总是这样，玛莉想，在新年的早晨，她也会站在楼梯上，在还看不见起居室的地方停住脚步。她害怕会有人忘记点亮家里的装饰，因为有那么一次的确发生过这样的事。这会儿她害怕走进那座房子，虽然她并不知道自己期望看到什么，也不知道要是没看见什么自己就会失望。

"玛莉！"爸爸也走到门口来了。玛莉听到他对妈妈说："这孩子是怎么回事？急着到这里来，现在又坐在车里不动——"

她于是下了车，又说了一遍那几个字，便一路跑了过去。爸爸大笑着把门敞开，让她一直跑进屋里。

第三章

枫树山
Maple Hill

这屋子虽然又破又烂,却有一屋子宝藏。玛莉和乔满屋子跑着看着,互相大叫着:"瞧!快看这个!"

首先是厨房,里面有一个炉灶,和克丽西家的差不多大。旁边是一个妈妈称作"蓄水池"的可爱的水缸,上面水蒸气缭绕。"妈妈,这就是你说过的打洗澡水的地方吧。"玛莉说。她一直在想象它的样子,这会儿终于知道了。

"这是存雨水用的。"妈妈说,"是从水池旁边泵出来的。这里的水很软,搓一下肥皂就能洗出一池子的泡泡。"

水还分软和硬,听起来怪怪的。乔马上就用水池和碗橱之间的那个稀奇古怪的旧东西压起泵来，结果什么也没压出来。妈妈说："乔，你得先倒点儿水在里面，把水引出来。"

乔照做了。起初出来的水是臭臭的、黄黄的，接着颜色越来越淡。妈妈叫他们把蓄水池里普通的水放掉，把雨水留下来。"今晚你可以在这个旧浴缸里泡澡，就像我以前那样——要是它不漏水的话。"妈妈对玛莉说。

"漏就漏吧，"爸爸说，"正好就有一地泡沫用来刷地板了。"听上去爸爸的兴致还不错，感觉挺高兴的，他也在四处探索。

那个旧碗橱不像公寓里的那样固定在墙上，碗橱中间是一扇移动门，门下面是各种各样稀奇古怪的东西：一盒一盒褪了色的香辛料、芥末、香草，还有一只小研磨瓶，里面装满了胡椒粒。另外一个大一点儿的研磨器下面还带着一个可爱的小抽屉，里面全是蜘蛛网和八百年前的咖啡——还有老鼠屎。到处都是老鼠屎！"一看就知道谁在这里住过啊！"妈妈说。

玛莉和妈妈查看碗橱的时候，爸爸和乔去外面看老谷仓去了。"这些是以前太婆用过的盘子，"妈妈说，"好重好重，用她的话说，'这样就摔不坏了'。你约翰舅舅说，有个盒子里有些上好的盘子。"

玛莉从碗橱最上面的抽屉里找到一些脏得发黑的刀叉和勺子。妈妈说："这下你明白为什么克里斯太太要留我们吃饭了吧？到晚饭前，我们都还有的收拾呢。"

"我能不能先在屋子里看一圈？"玛莉问道，厨房里再有趣，她也不想一直待在里面。

"当然可以。"妈妈说。

她们走进餐厅，里面有一张又大又重的圆桌和几把藤椅，墙角还有一个碗橱。窗边有个挑台，放着一个长长的靠垫，靠垫里的填充物都露出来了。"这垫子还是有一年夏天我帮着做的呢。"妈妈说，"原先是很可爱的明黄色，你太婆教我裁剪得大小正好。"她伸手一摸，灰尘立刻飞腾起来。"真难想象它以前竟是明黄色的。"她说着四处看看，"不知道你太婆的老缝纫机在哪里，你约翰舅舅大概只会照管那些干农活的工具。"

"你们平时在哪里吃饭？这儿吗？"玛莉问。

"过节的时候在这里吃，平时就在厨房吃。"

到处都有新鲜事物等待发掘。妈妈平时在哪里睡觉，在哪里玩？太婆又睡在哪个房间？

楼上就是屋檐下的那三个小卧室了。一床上好的旧羽绒垫子用帆布包好，卷起来放在一个大箱子里，被子也在里面——就是妈妈说过的那些被子，上面有戴太阳帽的女孩子，还有结婚戒指。

"枕头也在这里，上好的羽绒枕头呢。"妈妈说着把它们翻了出来，"好大的霉味儿呀！我们回来的时候得挂在太阳底下晒晒。"她鼻子痒痒起来，赶紧又放了回去。

"我知道这里的一切会是什么样子，"玛莉说，这是真的，"即使你没告诉过我，我也知道哪个是你的房间，哪个是约翰舅舅的，哪个是太婆的。你房间的窗户风景最好，望出去一览无余。"

"是呀，它面朝山谷，而不是山。我一直很喜欢那样。"妈妈说，"玛莉，你就住这个房间吧，住我的房间。"她走了进去，站在床边。玛莉从没有像此刻这样的爱妈妈。"以前我在这里有时会觉得寂寞，"妈妈说，"还好现在有乔陪着你到处看看。你约翰舅舅从来不喜欢带上我，他和很多男孩子一起玩，出去打猎、钓鱼什么的。"

"乔嫌我太慢了，他也不愿带上我。"玛莉说，"我可不在乎。也许有时候你可以跟我一道，不过我一点儿也不害怕一个人待着。"

窗外是广阔的田野，围着一圈优美的围栏，就像玛莉在林肯砍木头的故事里看到的图片那样。还有一些不期然的沟渠，一看就知道等到冰雪融化，水就会从那里汩汩流出。四周满是一绺一绺的棕色和绿色。田野上也有些小树苗，树林和田野的界限因此变得模糊起来。

"我也一个人出去过，"妈妈说，"可我实在喜欢不起来。我一走进树林就觉得孤零零的，就会害怕得赶紧逃回你太婆那里。"她的手轻轻柔柔地落在玛莉的肩头。"我还想透口气呢，可这里留给农妇的活儿也太多了。"她朝窗子这边倾了倾身子，抹去一些灰尘，以便看得更清楚一些。"你知道吗？我还从没在这里看过这样的景色——树叶掉光了，树上全是白雪。挺好看的，对吗？你可以清楚地看到事物的形状。"她的呼吸给窗玻璃蒙上了一层水汽，玛莉那边的也是，这让一切又蒙上了一层神秘的雾气。"要是我会画画——"妈妈说。

玛莉记得家里有一些画，妈妈又说道："嗯，我以前画过好多画，后来就一直都没时间。"

"妈妈，你画得很好哦。"玛莉说。

妈妈大笑着摇摇头。"我就是想，要是眼下来画窗外的景色，就得用钢笔和墨水。夏天的话，得用大刷子蘸满绿色。等我们六月再回来的时候，你看着吧。"

玛莉没有听完妈妈的话，她刚刚打开了衣橱的一个抽屉，发现了一窝非常可爱的小老鼠！七个粉红的小东西光着身子挤成一团躺在那里，眼睛都还闭着，耳朵竖了起来，长长的胡须翘着，还有小小的尖鼻子和细细的尾巴。

"瞧，多好看呀！"她叫道。

"哎呀，得赶紧扔掉！"妈妈瞅了一眼说道。

"妈妈！不要呀，它们多可爱啊！"

"现在或许可爱，"妈妈干脆地说，"但是它们不能住在这儿了。我们要住在这儿。"

"老天，这房子够我们一起住了。"玛莉说。

"老鼠是脏东西。"妈妈说着打了个寒战。

玛莉有时候顶起嘴来会不知道什么时候该停，可是这回她知道。她跟乔读过一本书，说的就是一群孩子把老鼠当宠物养的事。她没再跟妈妈争执，而是自己盘算着："我要跟乔说，他可以去找个盒子，我们可以教这些老鼠把自己收拾得像镜子一样光亮，还能耍点儿小把戏。然后妈妈就会知道自己说的全错了。"

"好了，该下去忙活了。"妈妈说，"先从打扫厨房开始。"

乔和爸爸回来了，两人都为在外面的发现而兴奋不已。爸爸的脸颊红扑扑的，眼睛里闪烁着从未有过的亮光。"丽丽，那边有一辆旧马车，保养得很不错！"爸爸说，"你不是一直都说很想坐在马车里转转吗？克里斯先生说过，我们可以跟他借匹马使使。"

"还有一架雪橇，上面的流苏都还在呢。"乔说。

"谷仓边的工具房里有一大堆上好的工具，"爸爸说，"只有几件生了锈，大部分都好得很。"

"约翰最喜欢工具了，"妈妈说，"宝贝得不得了，碰都不让别人碰一下。"她坐在地上擦着地板，旁边放着一大桶肥皂水。玛莉瞧着她脸上的神色，好像是要哭的样子，她心里想着："哎呀！"然而妈妈只是说了一句："真神奇，过了这么久，一切都还是原来的样子。这地板上的花纹，我的房间……戴尔，衣橱的一个抽屉里，竟然还有我的一堆旧信件，给一群老鼠做了窝。"她的声音变得轻快起来，"乔，第一个卧室里有个抽屉，里面住着一窝老鼠，你去把它们连窝端了，然后再放几个你买的老鼠夹子。"

玛莉颤抖了起来。"我去指给乔看。"她说。

可妈妈就像会读心术一样，说道："玛莉，老鼠不能留下来，就这样——"

"不能留。"爸爸也说。

玛莉跟在乔后面上了窄窄的楼梯，感觉到爸爸妈妈一直盯着她看。他们肯定在想她一直想养的那些小动物，流浪猫流浪狗之类的。她对着乔的耳朵悄悄说道："乔，那些老鼠好可爱。不会有人知道的，我们可以找个盒子什么的给它们住，还可以盖个盖子，然后你做个小房子，在里面装上转轮让它们跑——"

"你说的那是仓鼠,而这些只是普通的家鼠。"

"嘘,"她说,"你知道——"

"嘘什么呀!"他说,"你都听到妈妈的话了,还在说这些蠢话。老鼠到处捣乱,啃书,还会钻进面粉桶和衣服堆里。"

"这几只不会的。"她说,"我来照看它们,我会确保它们待在盒子里。"

乔嫌恶地看着她。"你知道一只这样的老鼠一年会产生多少只后代吗?"他问她,"我在书上读到过——一年一千只!你能把一千只老鼠都关在盒子里吗?还是你想看到它们在你的房间里到处乱窜,钻到你的枕头里去?就这么一抽屉,一年后你就会有七千只老鼠。"

"乔,这都是你编的,哪有那么多。"

"没有吗?就是有!等回家我找出那本书给你看看,就在我的自然历史书上。"他勇敢而果决地把一窝老鼠端在手上。

爸爸来到楼上,拿着一个放好奶酪诱饵的鼠夹,说:"把它们扔炉子里去,乔。"

"炉子里!哦,不要啊!"玛莉大叫道。

乔已经走到了楼梯口,又被玛莉拉住了胳膊。他转过身来，看到她在哭，眼泪像暴雨一般流了下来，都淌到她的下巴上去了。"是人类毁掉了这个世界上所有美好的东西。"她叫道，"想想看，要不是我们来了，这些老鼠住在这里该多快活啊！我的历史老师就是这么说人类的——以前那些野水牛多好啊。还有熊，还有鹿和羚羊，所有的一切。还有水獭。然后可怕的人类来了——"

"玛莉，这完全是两回事。"乔说道。

爸爸站在卧室门口听着。

"不，就是一回事。只不过老鼠还要小一点儿，没本事一点儿——"

"而且没用，再说它们还偷东西，传播病菌，跟水牛一点儿都不一样。"他朝她看了一眼，显然觉得很恶心。"啧啧！"他说着转过身，消失在楼梯下面。

玛莉站在那里没动。她把双手捂着耳朵，眼泪还在流着。她没有听到炉盖打开的声音，但听到它砰的一声关上了。卧室的抽屉也关上了。爸爸来到走廊上。"好了，玛莉，没那么严重。"他走过她身边的时候，拍了她一下。她没有动。爸爸下楼了，她听到他对妈妈说："这孩子，有时真叫人摸不着头脑！"

过了一会儿妈妈叫她了，一副不容商量的口气。"好了，玛莉，别犯傻了，快下来帮忙！"玛莉只得去帮着干活儿。铺床的时候,她都没有望过那个抽屉一眼。到了吃晚饭的时候,她听到了捕鼠夹子落下的声音。啪的一声。虽然一直在等着,她还是给吓得一激灵。

"逮着了,"乔说,"这下把老鼠妈妈搞定了。"

玛莉试着不去想这些。想又有什么用?很快她的情绪就又好起来,因为晚饭后克里斯先生雇的那个叫弗里兹的人来了,他是来带大家去枫糖作坊的。

玛莉总觉得,名叫弗里兹的人应该长得圆滚滚乐呵呵的,可是眼前这个弗里兹却很瘦,而且还很害羞。他开了辆小货车,乔和玛莉得坐在后面。但乔不肯坐下来,扶着把手站在那里,于是玛莉也学着他的样子。道路两旁的白色世界神秘而美好。车子开过了两幢房屋,窗户里亮着灯,在皑皑雪山的映衬下荧荧闪亮。我们的房子也是这样,玛莉心想。于是她明白为什么临走的时候妈妈说要留盏灯亮着了。

要说这些房屋在夜晚显得更好看了,那么老天,枫糖屋简直就是世界上最好看的地方了。"就在这座山上。"玛莉用一种知情人的口气郑重地对乔说道,"今天早上你一走远,我正巧就看到那边的烟了,看——"她停住了,现在那里没有烟,只有红彤彤的火光。小屋的门敞开着,克里斯先生正在往火里添柴。车开进山的时候,他正打开两扇大门，铲着大木头块。车还没停稳乔就跳了下去。"哎呀，哎呀呀！"他叫着，跑了起来。

在这寒冷的黑白世界里，枫糖屋就像一个温暖美丽的红色小岛。克里斯先生关上了火炉的门，那边缘萦绕着一圈明亮的火光，屋梁上的一盏灯也映照着灯光。这屋子的天花板很高，屋顶氤氲着白亮的水汽。巨大的炉子有整个屋子那么长一条，上面放着长长一溜锅子，里面煮着沸腾的树液。琥珀般的泡泡咕噜咕噜地往上翻着，迸破了又冒上来，再迸破。那甜美的味道似乎也一同翻了上来，飞进外面的夜空中。

灯火映照着克里斯先生又大又圆的微笑，活脱脱一幅和蔼老爷爷的画像。这个和善的大块头张开双臂抱住玛莉，紧紧地搂了她一下。

"大家都进来吧。"他说，"进来，赶紧进来。"

第四章

第一个奇迹
The First Miracle

"有的年头,"克里斯先生说,"树液出得特别好,有的年头就不行。今年是二月十九号开始出液的,比往年都要早,一开头就出了不少。晚上得要很冷,冷得冻死人,白天又要很暖和才行。不知道为什么这样才好出树液,但就是这么回事。"

爸爸妈妈和克里斯先生、太太围坐在炉子的那头,像是围着一堆篝火。克里斯先生告诉玛莉,这个炉子不单单就叫炉子,它还有个名字叫"蒸馏器",就靠它把树液里的水分蒸发掉,熬出糖浆来。

"油可以从地下泵出来,水也可以,可是树液——树液就泵不出来,非得等到它自己出来才行。"

玛莉站在那些巨大的锅子旁边。她盯着那些泡泡,能够一直这么死死地看着,却总会看花了眼。她想要盯住一个泡泡看,就看那一个,但却不行。一个没了,另一个很快就会补上来,就好像有一千口锅在同时煮着太妃糖。后部瓦锅里的树液看着还像是水,就跟挂在树上的小桶里的差不多,可是越靠近前头,锅子里的汁液就愈加金黄,更接近糖浆。克里斯先生说,四十加仑①树液才能熬出一加仑糖浆。

"那一棵树能出多少树液呢?"爸爸问。玛莉知道爸爸为什么要问这个——枫树山上有五十棵枫树!她都能看见爸爸准备好在心里盘算了。

"一棵树一季平均能出二十加仑树液,"克里斯先生说,"差不多就是半加仑糖浆。有时候树液一开始会很甜,那就不需要二十加仑。不过有些树——"克里斯先生朝前倾了倾身子,好像要说什么了不起的秘密,"我这里有一棵老树,就在草场的围栏那边,树上挂着六只桶。那棵树足足有五英尺②高。我记得有一年它一下就出了两百四十加仑的树液。"玛莉看见他满是骄傲的神色。"我猜它有两百多岁了。"他说着大笑起来,"不过作为枫树,

---

①加仑:一种容积单位,1加仑约等于3.8升。(若无特殊说明,以下皆为编者注)
②英尺:一种长度单位,1英尺等于30.48厘米。

它还算年轻，还能再产个一百年树液。"

克里斯太太也笑了起来。"那棵树是克里斯的宝贝，"她说，"要我说，那树上的虫子都是他一只一只捉下来的。"

克里斯先生又打开炉门，往里面添柴火。

"嘿，我来吧。"爸爸说着，捡起好大一块木头塞了进去。"树要是死了，"克里斯先生还在想着自己的宝贝，"还能给下一个枫糖季提供木柴。这是活在世上的意义之一，对吧？人也得这么活着！"他用穿着大靴子的脚把炉门一个个地踢上。

木头在下面烧得旺起来，忽然，锅里的树液翻腾得更厉害了。泡泡变戏法一般往上冒，越来越快，越来越快。玛莉站起来朝后退去，叫喊着："要溢出来啦！"

一时间每口锅子边都翻腾起汁液来。

克里斯大笑着，伸手去够拴在从天花板上垂下来的一根绳子上的小桶。"来，我给你变个戏法。"他说。

桶里是一个小瓶子，装满了白色的东西，还插着一根棍子。克里斯先生抽出那根棍子，在锅子上方挥舞了两下。玛莉瞪大眼睛，乔惊讶地大叫了一声"哇哦"。真的就像变戏法一样，随着棍子一挥，泡泡都消退了下去。

"哇，这是什么魔法？"玛莉叫道。

爸爸大笑起来。"是奶油吧，克里斯？"他问。

"我明白了！"乔说，"我在科学课上学到过，是油脂破坏了表面的张力。"

克里斯先生说："现如今的孩子可真机灵，都不相信魔法了——除了玛莉。"大家都轻轻笑起来，他伸出手来给了玛莉一个小小的拥抱。玛莉仍然站在那里，看看消退下去的泡泡，又看看那瓶子和克里斯先生手里的棍子。

"嗯，就算真是乔说的那样，也还是很神奇，不是吗？"她说。

大家又笑起来。乔说："你们知道她今天还说了什么吗？她说老鼠跟野水牛一样重要！"

"她这么说来着？"克里斯先生把奶油瓶放回桶里，瞥了玛莉一眼，"她要是指带来大麻烦这事的话，倒也没错。玛莉，瞧见这只桶了吗？我得把奶油瓶放在里面用绳子吊起来，要不然，我一转身，这里的老鼠就能把瓶子里的奶油给喝干了。"

"我还奇怪你怎么没给它们喝呢。"克里斯太太对大家说："我看到他逗那些老鼠玩来着。你们知道上次松鼠把我们树上的核桃吃光了，他是怎么说的吗？他说：'让它们吃吧，到了新年我再给它们买一袋。'他对老鼠也是这样的。要不是他先给老鼠尝过，它们怎会想到去吃奶油？"

"好啦，"见大家哄笑起来，克里斯先生说道，"大冬天的，老鼠正好住在糖屋里嘛。它们总得活下去，是吧？就跟我们人类一样。"

玛莉牢牢地盯住克里斯先生的脸。"你从不安捕鼠夹，对吧？"她问，"也没把小老鼠扔进过火里吧？"

"好了，玛莉——"妈妈阻止道。

玛莉才不管呢。"你不会的，对不对？"她问克里斯先生。

"哦，我不会，"克里斯先生说，"它们是友好的小东西。有一只白脚鼠每天都来，它的脚是白的，耳朵老大——那么大的耳朵，看着都像驴子了，非常可爱。我和它是好朋友。我一个人在这里的时候，有好多事情发生呢。"他冲玛莉挤了一下眼睛，又看了一眼克里斯太太。"我太太一点儿都不了解我那些有趣的小朋友。"他说。

"你见到过老鼠下一千只崽子吗？"玛莉问。

克里斯先生一脸惊异地摇了摇头。乔脸红起来，他迅速说道："玛莉，那是田鼠，我读过一本书——"

"那房子里到处都是老鼠，得处理一下。"妈妈说，"可是玛莉呀，在她眼里，哪怕是一只蜘蛛，都该活下去。"

屋子里有一阵小小的沉默。接着克里斯先生严肃地说道:"嗯,这种想法对她并没有坏处。"

"可这会让她平白多哭几场呀。"爸爸忽然开了腔,还伸手把玛莉抱到自己的膝盖上。玛莉惊奇地望着他,妈妈也很惊讶,乔也是。

"嗯,这一锅可以尝尝了。"克里斯先生说着,从墙边的钩子上取下一只木头板勺,"在座的一人尝一口,除了玛莉。她对老鼠这么好,可以尝两口。"他把板勺伸进最后一只锅子里,让糖浆慢慢地流下来。

"会不会像糖稀一样,转啊转地裹成一团?"妈妈问。

"不太一样。会成片地落下来,像这样——"糖浆最后挂在板勺的边缘,连着有巨大的两滴滴落下来。"有些人喜欢用温度计,"克里斯先生说,"可我喜欢自己看。我觉得要是习惯了用器械,最后自己就什么都不知道了。我干这行有四十年了,早些年我就在那边的树丛里筑了个石头炉子,在那里用水壶熬。我觉得现在得自己想出个办法来判断,不靠任何东西帮忙。就好比那些树,到时候自己就自然知道要出液了!瞧瞧这个——正正好,一加仑得有十一磅[①],要是错了算我糊涂。"

他打开锅子旁边的一个小阀门,糖浆开始往一个五加仑的罐子里流去。在灯光的映照下,糖浆流成一股金

[①]磅:一种质量单位,1磅约等于0.45千克。

黄的泉流。罐口蒙着一块布,用来过滤糖浆。"玛莉,过来,用这个杯子接一点儿,拿到雪地里去晾晾。"克里斯先生说,"来,乔,这个给你。"

玛莉小心而虔诚地端着那只锡杯,放在一块雪地上。糖浆真烫,她还没来得及放下,手就烫到了。乔把自己的杯子放在另一边雪地上,两人站在那里等着。

"等一下我们可以回屋再煮一点儿,然后倒在雪地里做糖塑。"克里斯太太跟着他们一起出来,"我曾经觉得,糖塑是全世界最好吃的东西。我们这里的人,经常在枫糖季结束的派对上吃糖塑。"

克里斯太太弄给他们看。滚烫的糖浆倒在雪上,忽然变得黏黏的,用一根小棍子插在里面搅一搅,就能做成一根棒棒糖,够唆上一整天了。

那味道……和闻起来差不多,只是更香,更浓烈。

"带点儿糖浆回去,明天早上就着薄煎饼吃吧。"克里斯太太说,"丽丽,你带做饭的东西来了吧?"

"带啦。"妈妈说,"我还从匹兹堡的杂货店里买了一罐糖浆来呢。"

"哎哟,太糟糕了!"克里斯太太说。

大家全都笑了起来。玛莉把一根手指伸进杯子里,糖浆现在凉透了。她在炉火前的一堆木头上坐下来，啜了起来。她觉得糖浆比糖塑还要好吃，那味道以一种奇怪的方式冲进她的鼻子里。"喜欢吗？"克里斯先生问，"玛莉，之前你闻到了春天的味道，现在又尝到了。树液是每年春天的第一个奇迹。整整一个冬天，什么都光秃秃的，这些树就这么一下子活了过来。"

"是一个奇迹。"玛莉说，"在我们家那边也是，每年春天，公园里也是这样。"

乔觉得有一点儿尴尬，每当有人要念诗什么的他就会这样。

"树液的流动给人一种难以描述的感觉，"克里斯先生说，"就像大地的血液在流动。"

大家都静静地坐着，爸爸、妈妈和克里斯太太坐在角落里的一张破沙发上，玛莉、乔和克里斯先生则倚在这堆木头旁边。弗里兹坐在一只倒扣的桶上，脚伸得老长。火苗吞吐着，树液沸腾着，屋里满是昏昏沉沉的热气和朦胧的灯光，还有袅袅的香味，都妙极了。天花板上偶尔还滴下几滴小水珠。

"谁来唱首歌吧？"克里斯太太说，"以前我们常常围在一起唱啊唱的。"

"就像我们夏天去野餐的时候一样。"妈妈说。

"你不是跟我说戴尔很会唱歌吗？丽丽，我记得你订婚那时候，曾说过他有一副好嗓子。"

"噢，那时候她看我什么都好吧！"爸爸说着笑起来。

"戴尔，你的确有副好嗓子。"妈妈说着，一点儿都没笑。

"那时候或许是的。"他说，然后对着克丽西说，"恐怕我再也唱不了了。"

"为啥唱不了了？"克里斯先生瓮声瓮气地说，"会唱歌的人不唱多可惜呀。没多少人会唱歌，我经常讲，我要是有副好嗓子，能天天唱得人家睡不着觉。"

"唱一个吧，戴尔，这里也没外人。"妈妈说。她在恳求他，不是那种命令的语气，而是好声好气地请求着。

玛莉屏住了呼吸。她还记得爸爸以前唱歌的样子，但那是很久很久以前的事了——在他离家之前，在每天晚上她临睡的时候。

"就唱那首关于狐狸的老歌吧，那个调子很好听。"妈妈说，"孩子们以前很喜欢那首。"

"我都不太记得歌词了——"

"我帮你提词，"妈妈说，"最后几句大家都会唱，就是到了镇上的那几句。"

有那么一会儿，爸爸定定地坐在那里出神。接着他站直身子,仰着头,望着缭绕的蒸汽。起先他的声音很小,接着就越来越大。

"哦,狐狸在冬夜出了门,祈祷月亮给照个灯……"

这是一首很好听的叙事歌,是玛莉最喜欢的那种。说的是狐狸要去捉一只肥鸭子回来给老婆孩子,农场主赶去晚了没拦住。爸爸一段段唱下去,越唱越好听,最后屋里所有的人都唱了起来,歌声和水汽一同充满整个屋子。克里斯先生有一点儿走调,可这完全不打紧。

歌唱完了,大家不停地鼓掌。乔说:"爸爸,你还会唱一首关于狐狸的歌。我记得你唱过。说的是几个猎人问一个男孩狐狸去哪儿了,男孩不愿告诉他们——"

"那只狐狸累了,然后——"玛莉也开口道。

"那首歌要练习一下才唱得出来。等你们下次来的时候我再唱。"爸爸说,"我会每天晚上练习的。"他望着妈妈,妈妈笑了。这一切都是那么美好,玛莉几乎都快忘记这种美好的感觉了。

"哎,你的嗓子真好。"弗里兹羡慕地说道。

妈妈跳起来说已经这么晚了,玛莉眼看要困得从木头上掉下来了。于是大家起身朝外面的车子走去,妈妈和克丽西还有玛莉走在最后,回头看着闪亮的门口。

"克丽西,这真是太好了。"妈妈说,"你肯定爱死枫糖季了。"

可听到克丽西的回答,玛莉却一下跳了起来。这话说得太不像克里斯太太的风格了。她的声音低沉得发紧,像极了爸爸疲惫而烦躁时的语气。"爱死了?我可是恨死了!"克丽西说。玛莉简直不敢相信自己的耳朵。"他太忙了,丽丽,你看得出来吧?两年前枫糖季快结束的时候,他犯过一次心脏病,可他就是停不下来,怎么都停不下来!只要还有活儿可干,他就不知道爱惜自己!"她的声音颤抖起来,可这时她们已经走到了车边,男人们正在那里谈笑,她不作声了。

玛莉一下子清醒过来。

"玛莉,"克里斯先生说着,一把将她托上车,"你爸爸说等学校放假了,整个夏天你都会住在这里。我们俩一块儿四处看看,怎么样?我会把我认识的每一只老鼠都介绍给你,还有每一只鸟儿,还有那些树和花朵。瞧,你还什么都没见着呢!"

"太好了!"玛莉说。她想,这么说我可以和克里斯先生一道出去,那就不用管乔带不带我出去了。

"瞧瞧我要给你什么保证来着?"克里斯先生又说,"我保证,放假之前,在你每个周末来的时候,我都要给你看至少一个新的奇迹。"

"好呀!"她叫道。车子的引擎咆哮起来。晚安!晚安!广袤的田野在月光下闪烁着,尽头的树丛显得黢黑吓人。不过前面有一盏灯光,还有一盏——

"下一盏就是我们家的灯!"乔说。

进家门的时候,爸爸又唱起歌来。这回没有人要求他,也没有人说起,他就那么忽然地唱起来一支老歌,是这么开头的:"金窝银窝,不如……"

这就是这个星期的奇迹,玛莉想道。这比枫糖屋或者变戏法还要好。她带着这样的念头,在母亲儿时的旧床上进入了梦乡。

第五章

薄煎饼
Pancakes

克里斯先生信守诺言,而且简直是超额完成了。春天一来,一次一个奇迹算得了什么呀。

实际上玛莉又隔了两个周末才再次来到枫树山。第一个星期妈妈得了重感冒,没法开长途车。爸爸从克里斯家打电话回来,大家互相说了几句话。爸爸说,这两天很暖和,那一整个星期他都在户外的阳光下干活儿。可妈妈的鼻子堵得太厉害,去不了。

玛莉哭了。一来是不知道自己会错过哪一个奇迹,还有就是,枫糖季也没剩几天了。可是妈妈的鼻子堵了,能有什么办法呢。"玛莉,我已经够难受了,别再给我添堵了。"妈妈说着，不停地擤着鼻涕。

于是玛莉闭上了嘴巴。

接着又下了一场暴风雪，一夜之间路上的雪就积了有一英尺厚。这都快四月了！大家外出时都已经开始把外套搭在胳膊上，大街上人人互相微笑着。公园里就像随时都会有好事发生的样子。太阳晒干了丁香树，棕色的枝丫上结着小小的花骨朵。可是一夜之间，又来了这么场倒春寒，好像一下子又回到了冬天，大家都受不了。街上没有了微笑，就算别人笑了你也不会知道，因为嘴巴都捂在围巾和领子里。秋天的时候，玛莉还很喜欢自己的新靴子、新围巾和新手套，可眼下越穿越觉得难看，越戴越嫌碍事。

爸爸写了好长一封信来。"你们城里人不用关心天气，在你们那里就是出一扇门又进另一扇门的事。在这里就不一样了！这场暴风雪下得！克里斯说，在乡下没有比天气更重要的事了，他都给了我一本年历。"

不过这场雪去得也很快。等到他们终于又上路的时候，一路上的风景已经很美了。背阴的地方还有一点点雪，不过除此之外就没啦。一些田里的冬小麦已经开始泛青了。

上次那块把他们拦下的石头还在山路上，这次车子直接开了过去。不过妈妈在半山腰停了一下，让玛莉和乔自己跑去枫糖屋那里看看克里斯先生在不在。结果他不在。树上的小桶都取下来了，倒扣在地上放着。大锅子也倒扣过来，火也熄了。

玛莉看得出来，乔和她一样难过。看到一个曾经如此温暖明亮的地方变得这样冷冰冰、空荡荡的，可真叫人伤心。

"明年还能再看到的！"玛莉说。

"当然了，树液一出来克里斯先生就会告诉我们的。"乔说。

可是当两人伤心地从枫糖屋里走出来时，发生了一件奇妙的事。就在离他们只有几步远的地方，站着一头小鹿。它一动不动地站在那里，竖着耳朵，昂着脑袋，脸上写满了玛莉从未见过的惊奇。

"瞧！"她喊道。

小鹿跳起来，转身跑进了树林里。它一点儿都没有费力，就那么高高地跳了起来，就像一个芭蕾舞演员，白色的尾巴上上下下地甩动着。

"你就不能闭上嘴吗？"乔责怪道，"你把它给吓跑啦。我又不是没看见，你喊什么喊呀？"

"它太可爱了。"玛莉说。

乔自顾自地大踏步走在前面,一副要让玛莉反省反省的样子。"乔,下次我就推一推你好了,"她说,"可是这次我太激动了。我要告诉克里斯先生,这第一个奇迹是我自己看到的。"

没走多远,他们就看到了爸爸。爸爸听到汽车的声音,就沿着山路跑下来迎接他们。只见他大笑着,挥舞着胳膊。

"戴尔,你把自己喂得不错呀。"妈妈说。

"是克丽西的功劳,"他说,"还有这里的空气。"见到他们,爸爸高兴极了,一家人就像火车站上人们重逢一般。他已完全不像是刚回家时的那个样子。

"瞧这儿,"爸爸说着在门边转过身来,"瞧那边的湿地。丽丽,你看那颜色!看见没,朦朦胧胧的红色?克里斯说,那就是春天。"

晚饭前他还带大家去看了臭白菜。

听这名字叫臭白菜,你一定以为它又臭又恶心吧?爸爸说,是有那么一点儿,不过也很有趣。"是丑,可是也——"爸爸顿了一下,又大笑起来,"嗨,怎么说呢,待会儿你们自己看吧,它又丑又漂亮。"

屋子后面,从枫树山的山谷里流下来一小股溪水,臭白菜就在这溪水旁冒了芽。冰雪消融后的地上,钻出它们那紧实顺滑的小喇叭，到处都是它们那深红和碧绿的色彩。"克里斯说，继树液之后，它们就是第一缕真正的春色。"爸爸说。

克里斯说这个，克里斯说那个，爸爸一直这么说着，玛莉瞧见妈妈嘴角露出微笑。他们绕着屋子和院子，看了一圈爸爸的劳动成果。屋里没有一丝灰尘的踪影，也不再有老鼠屎了。台阶也修好了。"戴尔，这窗户擦得真亮！今天傍晚我们就来欣赏一下日落。"妈妈说着，把这次带过来的漂亮的红白窗帘拿了出来。

不光是厨房，爸爸在起居室也生了一堆火。起居室里的炉子名叫富兰克林，以发明这种炉子的本杰明·富兰克林命名。据说，他是在一只老鼠的帮助下才有了这个发明的。玛莉马上就把这事告诉了乔（不过乔说这是书上的故事，根本就不是真的）。不管怎么说，这炉子就像一个小小的壁炉，下面有着小小的雕花门，还有一块地方随时可以上去暖脚。"哦，"玛莉叹了口气，"这是世界上最最好、最最漂亮、最最舒服的房子了。今晚我们能晚点儿睡觉吗？行不行？很晚很晚的那种？"

晚饭后克里斯夫妇来了，大家围坐在一起。克里斯先生说，他应该昨天就把树上的桶"摘下来"，因为树已经开始抽芽了。"一抽芽，树液就变得又黑又呛，很不好闻，"他说，"就只能煮煮送去工厂放进嚼烟里了，但不值当费那工夫。"

"丽丽，这就像又回到了从前你外婆在的时候。"克丽西说，"有你们年轻人在这里真好。但我还总是想着你外婆，要是老的小的都在这里就好了。"

克里斯先生摇摇脑袋，微笑着说："让给小的们去吧，要是我们这些老家伙一直活着，就要占满地球了——跟老鼠似的。"

玛莉立刻看了他一眼。

"嘘，克里斯，别提老鼠的事了。"妈妈说。

可他就是因为玛莉才说这话的。玛莉明白他的意思：有些事情很重要，有些事情却没那么重要。

第二天早上，玛莉醒来的时候，窗外又有一个奇迹。太阳出来了，外面一片清冽明丽。每一棵树上、每一根枝头都闪耀着千颗万粒的小冰晶，就连最小的枝丫上都是。紧挨着玛莉窗户的那一棵树，满是闪亮的线条，好似每根树枝、每片嫩芽都是从冰里四射而来。在这线条之间，还跳跃着鸟儿小小的黑色身影。

玛莉贪婪地看着这一切，怎么都看不够。

她听到楼下的门打开来又关上。爸爸这么早就跑到外面的冰窖里去了？她还记得，爸爸刚回到家的时候，

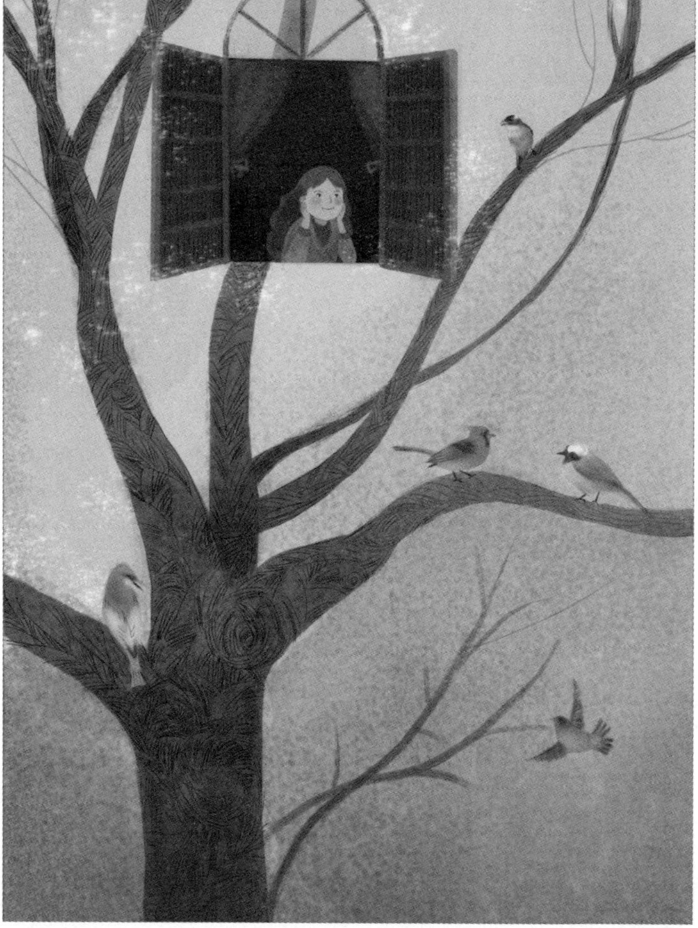

常常打寒战，早上一直待在床上，脚边放着暖水袋。现在他却这么早就出去了，走到这样一个大冰窖里去了！她俯身想要瞧个仔细，便听到了窗边的树枝触碰在一起，发出咔哒咔哒的声音。

可那却不是爸爸，是乔。乔穿着厚厚的外套和靴子，戴着手套和他那副绿色的耳罩。玛莉推了推窗户，没推动。她敲打起来，喊叫着。乔转身朝她这边看过来。隔得这么远，她都看到了他脸上不耐烦的表情。看他的口型，他似乎是在对她说"闭嘴"。接着他又转过身去，快步朝山上跑去。玛莉一直看着他消失。

哼！就他能耐，想趁大家都还没起来，一个人偷偷跑去探险！她嫉妒了好一会儿，从头发丝一直嫉妒到脚指头上。地板太冰了，冰得她的脚指头都不由自主地蜷了起来。反正，外面这么冰，谁稀罕出去呀？上一次乔这样消失在山头的时候，不是也没能当成他自以为的英雄吗？想到这里，她感觉好多了。她要是想去也能去呀，怎么不行？她穿好了衣服，牙齿冻得咯咯响。

溜过走廊的时候，她听到爸爸还在睡觉。哎哟，就连厨房都是冷的。她打开门，冷风一下子灌了进来。老天，她想，这种早上，户外都归乔了，谁要出门呀！

接着她想到一个主意。她要给大家一个惊喜，那就是生好火，给大家把早餐做好。等到爸爸妈妈下楼来，他们就会站在门边瞪大眼睛说："哎呀呀，瞧是谁这么早就起来忙活了？什么东西味道这么香呀？"

厨房里有好多纸片、木柴和煤炭。她打开那个奇形怪状的炉子上的第一个炉盖，把这些东西各塞了一点儿进去。她打算先烧水煮咖啡，然后再拌一碗面糊，烙点儿薄煎饼。

生火是件叫人兴奋的事儿。她长这么大还从来没自己生过火呢。把这些烧火的东西塞进炉子之后，她擦着了一根火柴。纸一下子就着了，火苗炽烈地烧起来。真有意思，她想着，记起克里斯先生在枫糖屋往火里添柴火的场景。她盖上盖子，等着。

可好像有什么地方不大对头，火没有旺旺地烧起来，相反，炉盖上面开始冒出一缕一缕的烟来。她打开炉盖去瞧，纸没烧起来，就一直在那儿冒烟。她一边咳嗽着，一边又找到一根火柴。

接着又是这样，而且这回烟更多了，每个炉眼里都涌出烟来。她打开一个盖子，又塞了些纸进去，点着一根火柴。这下烟雾四起，不光是那些纸，木头也熏起烟来了。

哎呀，天哪！这是怎么回事？这时响起了妈妈的声音:"戴尔,好像有什么东西烧着了!"

接着是爸爸的脚步声。他沿着走廊一路跑下楼梯,后面紧跟着妈妈。

"玛莉,你这是在——"爸爸的胳膊用力一挥,把玛莉扫到一边,差点儿把她撞翻。他打开炉盖,浓烟更加凶猛地翻滚出来。然后他放回炉盖,够向炉子一侧,推了一下什么东西——烟马上就不再冒了,神奇得就像克里斯先生和他的奶油。

玛莉一动不动,感到心越跳越快。爸爸站在那儿看着炉子,又转过身看看妈妈,然后又看向她。玛莉知道,爸爸这下是要气疯了,他从没有这样生气过。她已经看够了爸爸生气时的样子,他会气得说不出话来,跑到屋子外面几个小时都不回来。

"你这是要干吗呀?"爸爸问,"要烧房子?"

"哎呀,我们那干干净净的漂亮窗帘啊!"妈妈喊道。

"我就是想取个暖……做个早饭。我想做薄煎饼,给大家一个惊喜……"玛莉说,"真的,爸爸,我就是……"她害怕得声音、脸、全身都要僵硬了。她抬头看着,爸爸穿着睡衣的巨大身躯正俯下来望着她。接着,他转身打开炉盖,把她塞进去的那些东西拽出来。他的手不停地扯着,扯着,脸上阴沉沉的。她等着爸爸转过身来说那些话。这回要挨上好一顿骂了,瞧她干的这件蠢事,多吓人啊。

"真吓人!"他说,"玛莉,你一开始塞得太多了。瞧,开头点火不能放这么多东西。我忘记告诉你关于阀门的事了。"爸爸转过身来,他竟然在微笑!"我在这里的第一天早上,也干了跟你一模一样的事。好了,你瞧,阀门关回去时——"

玛莉凑了过去,爸爸给她解释着关于这个老火炉的一切事情。一阵轻松的感觉涌遍了她的全身,越来越轻,越来越轻。她心里充溢着巨大的喜悦,喉咙都哽咽了。

"丽丽,你回去睡觉吧,等屋里暖和了再下来。"爸爸说,"玛莉还要和我去把另外一个房间也点上火。是她要来做早餐的,她得负责到底。"不过他说这话的样子一点儿也不像在骂人,而是带着一种开玩笑的口气。这是完全不一样的。

"老天,我也没力气上楼了。"妈妈说。玛莉看得出来,妈妈也松了一口气,不光是因为没有失火,还因为爸爸没有为这些烟而生气。"我以为整个家都要烧起来了。你知道刚才我脑子里都在想些什么吗?我在想我们连部电话都还没有,一切就要烧光光了。"妈妈干笑了几声,转身消失在楼梯上。

爸爸站在那里，在火炉的上方搓着手。"要我说，"他说，"我们俩来把薄煎饼烙好，送一盘上去给她吧，让妈妈也享受一次千金小姐的待遇。"

忽然，玛莉自己也不知道是怎么回事，她张开双臂跑向爸爸，紧紧搂住他，哭了起来。

"哇哦，好啦！"爸爸说，"又没烧着什么！"

可她哭不是因为烧火的事。仿佛就在刚才那一刹那，她看着爸爸时，心里那种郁结的东西一下子就没有了，突然变得柔软，没有了。一切都是！就连她哽咽的喉咙也变得柔软而舒畅了。

"好了，小丫头，快去烧壶水！"爸爸说。

她照做了。他们一块儿做了最最好吃的薄煎饼，她长这么大还从没吃过这么美味的薄煎饼呢。乔冻得脸蛋通红地进门时，她正在给薄煎饼翻个面。爸爸没问乔去了哪里，只是说："乔，过来吃点儿薄煎饼吧，这要多谢玛莉呢。还浇上了克里斯家第一锅出炉的糖浆！"

每一块薄煎饼都是那么的完美，浑圆，棕黄。玛莉小心地盛起一张放在乔的盘子里。瞧他那模样，可真有趣——他吃惊极了。"这都是你做的？"他问，"哎呀呀！"

现在，玛莉体会到大家都喜欢吃妈妈做的东西时，她的那股高兴劲儿了。乔说了这一句"哎呀呀"之后，就再也没说一个字了——只是一口气吃掉了九张薄煎饼。

第六章

雪地靴的旅程
Journey for Meadow Boots

乔总说要当个探险家。别的男孩子都说将来要当警察啦、电车售票员啦、牛仔啦什么的,只有他坚持要去探险。每到一个新地方,他就会露出那副"探看一下"的表情。要问他想去哪里,或者你能不能跟着一道,全是白搭。玛莉知道,在乔搞清楚一个地方之前,他是不会带你去的。不过接下来他就会说:"我知道有一个地方很适合野餐……"或者"有个地方水很深,可以游泳……"或者就说:"玛莉,我肯定比你先跑到那边的山上!"

就是在城市里,乔也一个人去探险。不过很快他就会开始炫耀那些公园、自然历史博物馆、动物园、大桥和钢铁厂什么的，好像都是他造出来的一样。并且，他还会让你觉得这都是他特地为你造的。探险结束之后，乔总是这么好。玛莉常常会忘记，当他表现出对一切都了如指掌之后，很快他就会带着她一道去玩了。她只是很恼火，为什么女孩子就不能一个人去探险呢？可是爸爸妈妈就是从来不让她去。

起先她真觉得女孩子也可以独自出去，也尝试了那么一两次。可是在匹兹堡的时候，她总觉得自己很渺小，很害怕，尤其是有一天她坐电车下错了站。她去问路的那个警察非常和善，可这还是让妈妈很失望。乔就从来没下错过站，或许就算下错了他也不说。玛莉想，要是乔下错了站，他会就地探一番险，假装自己本来就打算在那里下车。

可玛莉假装不起来，因为她总是会害怕。她连问个警察都没办法不哽咽。而在枫树山，当然连一个可以问路的警察都不会有。

有那么一两次，玛莉问过乔可不可以带上自己，但她又不是真的那么想要他答应。等他爬遍了每一个山头，走遍了每一条小路之后，他就会带她去看沿路的那些小东西了。她现在之所以会"拖累"他，就是因为她什么都想停下来看看。

玛莉原本还指望能跟克里斯先生多走走,可是春天里他实在太忙了。他也没多少走路的机会,都是开着车带她去,然后再下车慢慢地走上一段,到处看看。他吹着口哨叫唤那些鸟儿,鸟儿应声飞来,在路边的灌木丛上跳跃着。有一只红雀一直不离他们左右,就跟在旁边。"他和他的伴侣整个冬天都在这附近转悠。"克里斯先生告诉她。

他知道大多数花儿和树的名字。"不过不是乔在书上读到的那些名字,"他说,"我只知道我们这里的乡下人叫的那些土名字。"

连着两个周日克里斯先生都早早地来了,玛莉还在吃早饭。"快点儿,"他说,"树林里出大事了!"

大事?他说得就像是马戏团或者嘉年华什么的似的。"什么大事呀?给我说说嘛。"她央求着。

"嘿——"他大笑起来,"算是一场选美竞赛。你知道吗?每年春天这里的花儿都要为谁最漂亮争个你死我活。我想交给蜜蜂决定,可它们又不干。它们想让每朵花都赢。"

哦,原来是要开花了。一路上玛莉都在猜着。是春美草又要开了!不是?那就是银莲草!在白色、粉色和蓝色的薰衣草之外,又要多一种颜色了。也不是?那就是另外一种延龄草!

原来那是一种克里斯先生自己给取名的小花,他叫它

"节日蜡烛"。

"大多数人——就连乔的书上——都会用这种植物的根而不是花来给它取名，"他说，"因为大部分人都没见过我要带你看的这些花。它们的花开得很快，花期很短，要是没能及时赶到那里等着，很容易就错过了。"

到了山顶上，他让玛莉捂住眼睛，牵着她的手，走过一段崎岖的老木材路。他说，要让她站在花丛正中央，一睁开眼就全都是花。

当他说"好了，可以睁开眼了"之后，玛莉立刻睁开了眼睛。天啊！还真是！要不是亲眼看到这情景，谁也不会相信。在她身边的草地上，全是大片绿色的叶子，每株植物间都有一个罅隙。在每一个罅隙之中，都伸出了一根细长的茎，每根茎的顶端都立着一个尖尖的花苞，就像是蜡烛的火苗。有些花苞已经张开了，阳光拂过嫩绿的新叶，又拂照在大地上，光线铺洒过来，花尖依次张开。一个，两个。花瓣洁白闪亮，闪着贝壳内壁一样的光泽。它们成百上千地向着太阳。

"明天就没了。"克里斯先生低声说，"没有多少人见过这样的花开景象。我也是在这里住了二十年才知道的，还是住在山那边一个叫哈利的人告诉我的。大家都叫它血根。"他弯下腰去，用小刀从地里挖出一段根茎。根是猩红色的,像血一样鲜艳,难怪它叫这个名字。有些植物是根据叶子来命名的,有些是根据花,有些根据种子,有些就是根据它们的根。最奇怪的就是紫罗兰和玫瑰①那样,用颜色来命名,于是有些明明是黄色、白色和红色的,你也只能叫它们紫罗兰和玫瑰了。"从前有个说法,女巫会用这种根的汁液来杀人,"克里斯先生说,"当然那只是传说,女巫嘛。不过说真的,要是有人不小心吃了这个,心脏就会在一天内停止跳动。"

那根就躺在他的手里,玛莉瞪着它,想起克里斯太太说过的关于他的健康和心脏的事。"克里斯先生,你最好还是别拿着它了。"她说。

他大笑起来:"玛莉,还没那么危险。这些花要是养在水里能养好久呢,你拿回去养着吧。带给家里人看看。不过光摘血根草的花没用,你得连根拔起。不然就像春美草那样,拿到手里就谢了。"

如果说血根草的花成百上千朵,那么银莲草花就有成千上万朵那么多了。到处都是它们那粉的白的和各样蓝色的花朵,漫山遍野地摇曳着。克里斯先生告诉玛莉,人们认为银莲草的叶子是治肝病的药,因为它长得就像肝。"它还有个名字就叫'肝汁儿'。"他说,"这么美的花!

---

①玫瑰的英文也有"粉红色"的意思。

但它还有些名字你都想不到。有些人还叫它'三一草'，就因为它有三片叶子；还有人叫它'松鼠帽子'；你要是愿意的话，还可以叫它'老鼠耳朵'。"

第一拨延龄草的花是深红色的，难怪人家都叫它"吵醒知更鸟"。接着就到处都是白花了，比血根草的花还要厚密，覆满了树林里的地面。有些特别密集，连起来足有六英寸[①]那么宽。克里斯先生知道哪里的花开得最多。他还知道上哪儿去找那些小小的花朵，那些只有苹果花那么大、中间点缀了一点儿粉红色的花朵。

玛莉惊呼克里斯先生怎么知道那么多东西时，妈妈只是微笑。"我外婆也是这样，"她说，"她每天都会在日记里写下今天花园里开了什么花，树林里和草地上又开了什么花，这样一翻日记她就知道哪一年什么花是什么时候开的，下一年到了时间就可以等着看了。"

"可是克里斯先生说，得盯紧了，"玛莉说，"有些年头花开得早，有些年头开得迟一些。"

"他说得没错，当然是这样。我记得我外婆说过，没到时候，你再着急也帮不上忙。"

"当然能帮上忙，"玛莉一本正经地说，"我今天就帮了延龄草好半天忙。"

[①]英寸：一种长度单位，1英寸等于2.54厘米。

是真的,她解释起来。花茎要顶开一层又一层的枯叶才能冒出来,有时候枯叶太厚顶不动,可怜的花儿就会挤在下面开不出来。玛莉一拨开那些厚厚的枯叶,花儿立刻就开放了。这是个有趣的活儿,虽然这些花头两天看着还是皱巴巴挺没力气的。天南星也有同样的问题。把那些细长僵直的小不点儿星星,从那绿的紫的天际线里解救出来,可真有意思,比野餐还有趣。乔却说,他这辈子都没听过这么蠢的事。

玛莉这样做,是因为克里斯先生让她觉得每一朵花都是一位特别的老朋友。每当他注意到一些新东西时,他脸上都会露出隆重的表情。他总是能分辨出某些在玛莉看来长得几乎一样的东西——至少乍看上去都是一样的——比如兜状荷包牡丹和加拿大荷包牡丹,还有那些带着小铃铛的六角形花和扭柄花,还有各种各样的紫罗兰。老天,一夜之间到处都是厚厚的紫罗兰,都快让人无处下脚了。有白色的黄色的蓝色的紫色的,有波点的还有条纹的。有些花小小的,有些花很大。有一种高高的开大黄花的叫狗牙紫罗兰,实际上不是紫罗兰,而是一种叫作赤莲的花。

玛莉每天都会从枫树山上带一束不同的花回来,送给妈妈。

有时候，走到离家最近的那条山脊时，她的心中对世界会升出一股奇怪的感觉。在树木荆棘和花朵中交错迂回着无数条小径，这叫作木材路，因为多年前山上长满大树时货车在这里出入伐木。眼下树又都长了出来，然而地上还有缠绕的枯枝堆积在那里，还有古老的树桩，上面覆着地衣苔藓、小小的绿叶还有蕨类。她若是在这四处生长的万物之中停上那么一会儿，心里就会涌起一种她称为"激励"的感觉。所有的东西都在朝着阳光枳极向上，想要长得更高更壮。她以前从来没有这样的想法，但每周的这些奇迹使得她意识到了。起先是湿漉漉的枯黄叶片覆盖了一切，到处都是，然后忽然那些小洞就悄悄地露出来，里面跟着冒出了茎和叶。

她把这"激励"的感觉告诉克里斯先生，后者表情严肃起来。"我想，万事万物都有自己的汁液，"他说，"而且都要升起来，就是这样。没有人知道原因，就像太阳每天早晨会升起来一样。"

玛莉真正的历险发生在假期里。有一天她正在房子后面的木材路上走，忽然看到一样就连克里斯先生都没提过的东西——一种花，非常明亮的黄颜色的花，在老草场的那一边，靠近树林的地方。她一想到也许自己找到了一种克里斯先生都没见过的花，就笑了起来。于是

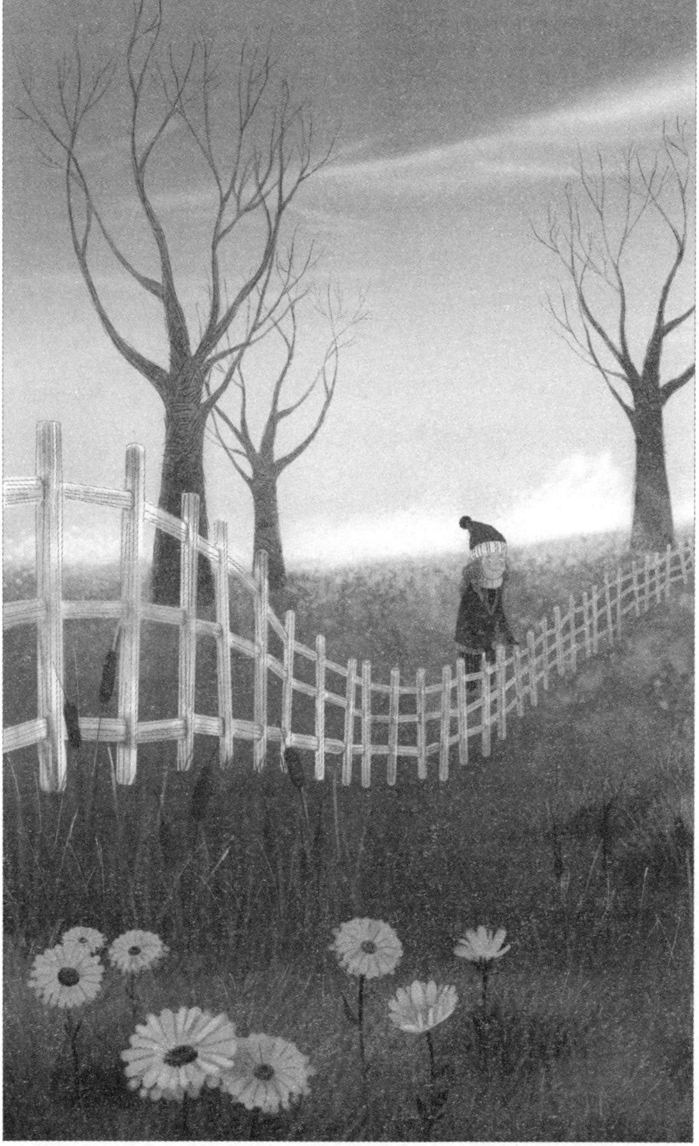

她朝那边走去，沿着把太婆家的场地圈起来的围栏走着。克里斯先生说，沿着围栏走就没错儿，围栏的角落和两旁尽是灌木和矮矮的小树等，是筑巢的好地方——就像荆棘丛一样。松鼠也常常在围栏附近跑动，玛莉见过它们在木桩上跳来跳去，简直把围栏当成了自己的高速公路。

走到山脚下，她看到那些黄花就在围栏外面，就在香蒲草的叶间，金黄的一朵一朵。她翻过围栏，正要径直朝那花丛走去，却发现脚下全是软软的淤泥。她伸出脚去探着坚实的草块，找到一块，又一块，最后终于到了花那里，伸手就能够着了，她摘了起来。这花凑近看有点儿像毛茛，不过比毛茛大，花瓣也是明晃晃的。忽然她听到了什么声音，便抬头去看。那声音像是有一群野水牛在奔跑，就像在电影里看到过的那样，轰隆隆的……可是老天，这里也没有野水牛啊。

紧接着她就看到了，不是野水牛，而是奶牛，一大群年轻的白脸奶牛，直冲着她来了！

她扔下手中的花，开始朝围栏挪去，脚却陷在了泥里。没时间去找干草地了，她扑腾着，每一步都陷在泥里。她听到自己在哭喊，甚至能听到自己的呼吸声。她感觉到鞋子落下了一只，深深地陷进泥里去了。最后她站在一小块干草地上，害怕得都挪不动步子。

奶牛奔腾着来到这一小块泥淖的边缘，忽然一齐停住了。后面的几只挤到前排来盯着她看。它们就站在那里看着，一大群，瞪着圆滚滚的大眼睛。

她也回瞪着它们。牛群没有动，只有不时晃晃脑袋，好像觉得她来到了不该来的地盘上，有点儿生气。奶牛是不是也会抗议人们摘了它们的花？她思索着。想到这里，她想起曾听说过一种花叫牛滑草，也许这是它们的专有之花。

"喂！走开！"她挥舞胳膊叫道。

奶牛们用略带惊奇的神色互相看了看，又看着她。但它们还是一动不动，只是挤得更紧了。

"喂！"她叫道，就像以前骑车的时候对追在后面的那些活蹦乱跳的小狗那样喊话。她小心地朝围栏那边迈出一步，那一大排奶牛也跟着动了一步。她到底怎么才能走回围栏那里呢？看起来就像有一英里[①]远，而这些奶牛看样子是不打算放她过去了。奶牛队伍的尾部挪动了一下，把她包围在一个半圆中。它们的眼睛就像脚灯，把她聚焦在这舞台正中间。

她又小心地迈了一步，奶牛群又动了一下。有一只还冲她低吼了一声："哞——"

她自言自语起来，说着："它们不是坏奶牛，只是有点儿

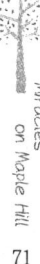

[①]英里：一种长度单位，1英里约等于1.61千米。

好奇吧。"

可是她这么说，正是因为自己也不确定。只要它们愿意，立刻就可以拥上来把她踩在脚下，都不会有人知道她是怎么消失的。连绵而巨大的战栗从她的头顶流向脚跟。哎呀，乔呢？要是他在这里就好了，她想道。有一次乔和她一起的时候，一头奶牛从田里跑过来，他就站在那里看着它，勇敢得不得了。奶牛停下来冲他哞哞叫着，而他说："我在这里缠住它，玛莉你快跑。"他真的这么做了。玛莉跑过了围栏，转过身去看乔怎么逃走，结果却看到他直接朝那奶牛走了过去，还摸了摸它那长长的鼻子！

她倒宁愿去摸一头狮子。

可是这群奶牛比上次遇到的那头小多了。它们还都是小牛呢，她看得出来。可是太多了，有哪一只动起来，其他的就会一窝蜂跟着动。一只摇了摇脑袋，其余的也都摇了摇脑袋。一只迈一步，其余的也跟着迈步。

她决定再挪一块地方，这回脚下很是坚实了，可是那群奶牛也跟着她挪了一步。她都能感觉到它们喘出的气息了，它们的眼睛瞪得真大，还一动不动的，眨都不眨一下！

没有乔一道，我再也不去任何地方了，玛莉想着。或者跟妈妈一道，跟爸爸一道，跟克里斯先生也行。

接着她又闪过一个可怕的念头——也许她再也不能跟

任何人去任何地方了,她这辈子就要困在这片糟糕的沼泽里了。

"喂!走开呀!"她又喊道,两只手一起挥舞着。

"哞——"有一只叫了起来,扬起鼻子,好像在对远处的什么人打招呼,接着又晃了晃脑袋。牛群里所有的奶牛也跟着一起晃了晃脑袋,叫着"哞——"。这真是太可怕了。

"求你们放我去围栏那里吧,求你们放我去围栏那里吧。"玛莉一边祈祷一般小声说着,一边仔细地向四周看了看自己与松鼠正在跑来跑去的漂亮围栏之间的每块绿色的落脚点。松鼠停下来看了她一眼之后,又跑了起来。如果她快速地先跳到那儿,再跳到那儿……如果不滑倒的话,她就能到达围栏了。

她只能放手一试,再没有别的办法了。

她深深地吸了口气,直直地望着奶牛,颤抖着尽力用友好的语气跟它们说话。"我叫玛琳娜,"她说,"不过大家都叫我玛莉。你们是克里斯先生家的奶牛吗?我看你们就是他家的,是不是呀?我听他跟妈妈说过他的小牛犊有多好多好。"它们看起来很有兴趣的样子,有几只互相瞥了一眼,有一只甚至还点了点头。然后整个牛群的牛都点了点头。她迈出一步。

整个牛群又动了一步。

我要过去,我要过去……让我去围栏那里。她迅速地转过身,甩开步子跳着,一步,又一步,踩过水洼和毛茛,最后抱住了围栏,翻了过去。

眨眼间牛群也到了围栏跟前,看着她。不过她已经安全了。

她坐在地上,惊恐得直打抖。这一大群牛看上去很高兴,说真的,好像还带着点儿满足,想要看看接下来她会怎么样。这下她看清这些瞪着好奇的大眼睛的小牛犊有多好玩了,它们简直就像是一排小孩子站在动物园的围栏前面。她冲它们微笑着,知道它们越不过围栏。它们没有回以微笑,她反倒惊讶起来了。

玛莉穿过草地回家去,它们一直在看着她。看得出来,在它们眼里她肯定有趣极了——浑身是泥,光着脚丫。现在她知道了,它们并没有恶意,就是爱一股脑地往前冲。要是真的把她逼进泥淖困在里面,它们也是会难过的。以前也听说过曾有陌生人掉进它们饮水的地方,然后都认不出来是谁了。

这下她可以笑了。

吃晚饭的时候,她把这事讲给大家听,大家都笑了。不过妈妈说,就算是旧鞋子,搞丢了也挺丢人的。第二天玛莉又跟克里斯先生说了这件事,他说要带她过去好好认识一下那些奶牛。他说到做到。有他在旁边,玛莉就不怕面对一群奶牛了,不过她还是一直牵着克里斯先生的大手不放。

神奇的是,克里斯先生说她的历险算是救了那些小牛犊呢!早就该把那片沼泽地用电网给圈起来了,他说,以前曾有群牛跑过去吃了玛莉想去采的那种花。那种花就是牛滑草,又叫金盏花,要是奶牛吃得太多,胃就会水肿,有些牛还没等医生来就死掉了。

克里斯先生说的那些名字真好听!还有叫它"马槟榔"的,也有人叫它"雪地靴"。他说小的时候还听妈妈叫过它别的名字。

"我要叫它'雪地靴',"玛莉说,"长在那种地方就得需要雪地靴才能去。"

电线拉起来之后,玛莉和妈妈又去过那里一次,采了一束漂亮的花回来,还摘了一点儿绿叶当菜。克里斯先生说,菠菜还没下来的时候,那些叶子可是上好的蔬菜。牛群又像上次那样轰隆隆地朝玛莉和妈妈奔了过来,却又神奇地停住了脚步。它们很快就意识到那里拉上了电网。这回不能凑过来看我在干吗了,玛莉想,它们瞧上去有点儿伤心呢。

第七章

狐狸
Foxes

这是开学前的最后一个周五了。每次开车过山头的时候,妈妈都把这里称为"大滑坡",因为第一次来的时候他们的车就陷在这里。乔忽然很好心地对玛莉说:"枫糖林那边有一个很好玩的地方,大山坡上全是苔藓,你想不想去?明天我带你去。"

玛莉屏住了呼吸。是不是乔已经探索好了,现在要开始跟人显摆了?

"我们管那些山坡叫小丘。"妈妈说。

"有些是蚂蚁窝,"乔说,"小的那种。"他对玛莉微笑道:"明天我带你去看。"

玛莉看得出他心里装着特别的东西。"我准备点儿午餐带去吧？"她问，只要她不耽误出发的时间，乔还是挺喜欢她准备午餐的，"我明天早点儿起来。"

"好极了。"他说。

她心想，终于到时候了。这下她去什么地方都安全了，就算还有奶牛，有乔在，她也一点儿都不用害怕。第二天早晨，她起得比鸟儿还早，一边忙着准备三明治、曲奇和水果，一边像只猫儿一样在心里快活地哼哼着。

乔下楼的时候，惊讶地发现她已经全部准备好了，这让他乐坏了！她就坐在后面的台阶上，身旁放着两只袋子，一只给乔，一只给她自己，乔的那只足足有她的两倍那么大。

去的路上乔跟她解释了一些事情。克里斯先生说过枫树山是个奇怪的地方，在最高处还会有沼泽和泥淖。上面那些起伏的小丘也是它的一个怪处。乔和玛莉从一个小丘走向另一个，不时停下来看看蚂蚁，瞧瞧苔藓，还有那些星星点点的植物。乔带着放大镜，他们俩盯着看了好久。在这最最古怪的小世界里，奇怪的小虫子颤颤巍巍地穿梭在苔藓丛中，就像丛林里的动物一般。

接着他们来到了一处小山谷，沿着小溪走。小溪跟着拐了一个大弯又一个大弯，就像是盘在那里的一段绳子。

乔说这些弯道就叫"曲流",他还带玛莉去看河床里的石头中间那些古老的贝壳。那是很久很久以前四处都在的海洋留下的遗迹。大石头上有一些划痕,小的石头则是圆滚滚的。乔说大约一百万年前,也许是十亿年前,这里发生过冰川滑动,现在看到的这些就是那时的冰川造成的。玛莉对这些数字没有概念,只知道一个比另一个大多了。

乔知道这么多,玛莉觉得骄傲极了。克里斯先生或许知道花呀鸟呀什么的,可乔才是那个认识虫子和生长在树桩上、枯枝里的奇怪植物的人。那些植物的名字都很好听。比如有一种长得像堵住了的烟囱的小玩意儿,灰色的叫作精灵帽,明红色的叫英国士兵。还有一些奇怪的小台子,看起来像是给小仙女坐的,乔说那只是烂木头。旧木头上有一种黑黑的东西叫亡者手指,还有一种奇怪的伞菌是鲜黄的,名叫杰克南瓜灯。乔说它到了晚上真的会发光。

"乔,你比克里斯先生知道得还多。"玛莉说。

令人惊讶的是,乔回答说:"哦,不,我才没有呢!没人比克里斯先生知道得更多——你以为这些是谁跟我说的呢?上个星期我们来过这里,克里斯先生带我来看了这些我想让你看看的东西。到了秋天,只要你知道怎么找,你会发现这里到处都是蘑菇。在弗里兹之前,克里斯先生还雇过一个人,那个人就喜欢来这里采一篮子一篮子的蘑菇,卖给镇上的一个意大利人,每年秋天都能赚上一笔。"

玛莉没顾上听后面的话。"乔,"她说,"克里斯先生不会爬上这么高的地方吧,嗯?要是让克丽西知道了……"

乔的脸红了,他假装没听到她的话,而是蹲下身来跪在地上。"瞧这个,这个身上有条纹的虫子,瞧这是什么!是斑蝥。待会儿我带你去一个小池塘,那里还有跳水虫。你见过陀螺花吗?"

"乔,是不是呀?"她追问道,"因为克里斯先生不该来这里的。克丽西叫我看着他,别让他爬太高的山坡,这个也太——"她朝身后陡峭的小路看去。

"知道不?有天我看到一只大黄蜂掉进了一朵杓兰里,"乔说,"救不出来了,我走了好远都还能听到它的哀嚎——"

玛莉又一次打断了他的话。她不是对那只大黄蜂不感兴趣,只是乔如果还不知道的话,她得让他明白要照顾好克里斯先生。"乔,那天你和克里斯先生不是本来要坐车去镇上吗?"

乔猛地站起来，转过身来对着她。"我看你——你去打小报告好了！"他说，"你怎么什么事都藏不住！那天我们当然去了镇上，还跟饭馆里的那个人说了话呢。那人的枫糖浆都是从克里斯先生这里买的，他说那是全世界最好的枫糖浆。他还从克里斯先生这里买了苹果汁，他说以前还买过栗子，不过是很久很久以前的事了。然后，我跟克里斯先生才到这里来，他带我去看栗子树的老枝子——瞧，就在那里！以前有好多，用不了半个钟头就能搞半蒲式耳①下来。"

"乔，克里斯先生不是真的上到这里来了吧？"玛莉问道，"你不该让他来的。克丽西说过的。她告诉我们得留心着点儿，他一头脑发热带别人去看东看西就会忘记的。"

"好了，好了，我们那会儿走得很慢。他给我讲了这片乡下以前是什么样子，那时比现在还要多许多树。后来闹了几次灾害，栗子树就死了，人们也开始伐木，基本上所有的原生林都没有了。"

玛莉定定地站在那里。忽然她听到了一阵锯子的声音，就像是乔的话引起来的一样。是从克里斯先生家的那片树林里传来的吗？"乔，克里斯先生不会在砍树吧？

---

①蒲式耳：英式容积和重量单位，相当于35.2升，主要用于农产品的斗量。——译者注

为了卖钱？他告诉我，他是永远不会为了钱去砍树的。"

"当然不会啦。"乔嫌恶地看了她一眼，像是在说你怎么问得出口呀，"不过我想看看他们是怎么砍那棵树的，那棵老枫树。"

他们朝前走着，锯子的声音越来越大，直到最后好像在树林里盘旋成一个巨大的声音旋涡。他们绕了好大一个圈子，最后来到枫糖林。

克里斯先生和弗里兹以及另外一个不认识的男人站在电锯前面。正在砍的这棵老树已经死了，只是棕色的枝丫间有一大根碧绿的树枝，大约有一米粗，这让锯子费了好大的劲。

克里斯先生看见玛莉和乔走过来，朝他们招了招手。他得扯着嗓子喊话才能盖过那恼人的电锯声。"这是一棵很老的大树了。"他说，"是棵好枫树，那么多年了。我年年都来取树液，到今年差不多有三十年了。以前我们就在那里煮树液——就在那边，放一个大炉子和一个大锅子。你现在过去还能看到那些石头垒的灶。"

乔和玛莉站在那里看着。他们俩没出声，克里斯先生也有那么一会儿没再说话。锯子快要锯到中心了，蜂鸣简直快要变成尖叫。克里斯先生凑近玛莉的耳朵说："等它倒下来，我们数数看有多少圈年轮。"

一只红松鼠在另一棵树上惊叫起来。克里斯先生抬起头晃了晃拳头，大笑道："没事的，老伙计，你的白胡桃树还给你留着呢。不过这棵老枫树可要跟我们回家去陪我们过冬喽。"

松鼠坐在那里看着他，爪子合在面前像在祈祷什么。紧接着老枫树开始发出嘎吱的怒吼，松鼠转过身钻进了一个洞里。弗里兹喊道："注意！要倒下来了！"

大树像巨人一般倒了下来。繁茂的枯枝先触到地上，跌碎了，树干轰隆隆地弯下来，像是在跟空气打架。过了一分钟，它才哆哆嗦嗦地全部倒在地上，接着是一片寂静。

玛莉快要哭了，可乔却大笑着叫道："万岁！哎呀，哎呀呀！"树还没有完全停下，他就跳进枝子里去了。他数起了年轮，这棵树起码有一百岁了。

他们回家的时候天已经擦黑了，电锯停止了轰鸣，四周充盈着一阵美妙的寂静，只听到那些直冲天空的树木发出沙沙的声音。

忽然，就在他们走到小丘附近的时候，乔一把抓住了玛莉的胳膊。接着他一个字也没说就用力地捂住了她的嘴巴，低声说道："嘘！"

还好是他先看见的，不然她又要像上次看见小鹿那样大叫了。乔轻声说:"看!"

就在一个小丘上,站着一只火红的狐狸,巨大的毛茸茸尾巴翘在身后。它站在那里看着山下,像狗一样提起一只爪子,注意着一切动静。接着,它忽然朝另一个小丘跳去,站在那里,看着。太阳要落山了,一种诡异的光线笼罩着四野,那只狐狸仿佛也浑身泛着银光。

玛莉和乔一动不动。狐狸也是。最后,那狐狸像一个彩色的影子一般,悄无声息地从小丘上溜下去跑了。就在小溪边的山涧那里,消失了。

"我猜它在那里有一个洞穴。"乔低声说着,他用一种自学来的印第安人的方式走路,走出了十码[1]远,玛莉都快听不见他说话了。她真想大声喊:"别走太远,乔。"夜色降临了,周围还有那种奇怪的光线,好吓人,夜幕就这样笼罩在枫树山上。可她到底没有叫,她发不出一点儿声音来。

过了一分钟,她庆幸自己没有叫。乔一溜烟地从阴影里跑了过来,朝她招手。

"嘘嘘!别绊到任何东西!"他说。

"乔,怎么了?"

"嘘嘘……"

---

[1] 码:一种长度单位,1码约等于0.91米。

在山上的某个地方,有一处突然凹了下去,那里全是石头,陡峭得很。乔带着她走了过去,站在那上面,乔一只手牢牢地抓住玛莉的胳膊,用另一只手指给她看。

暮色里只见有五只小狐狸在嬉戏,像小狗一样打着滚,互相追逐。它们发出了一种小小的咕噜声,假装在打架。这五只都是红色的,全都有着黑溜溜的小尖鼻子和尖尖的黑耳朵,每一只的红尾巴尖上都有一撮白毛。

乔和玛莉一直看着,直到除了白尾巴尖以外什么都看不见。最后连那一点儿白尾巴尖也消失了。

乔牵着玛莉的手往家走去,走过小丘。她从没像此刻这样爱他。"乔,要不是你,我可看不到这样的东西,永远看不到。"她说。

"为啥看不到?我经常看到啊。"他说。可她看得出来,他很高兴听到她这么说。

他们回家的时候,克里斯一家和弗里兹都在。玛莉一进门瞧见他们,就叫道:"知道我们今天看到什么了吗?我和乔,在草场地上头,有只狐狸……"正说着她猛地喊了一声:"哎哟!"是乔狠狠地捏了她一下。

可他下手还不够快,她的话已经说出来了。

弗里兹坐在椅子上,朝前倾了倾身子。"狐狸,嗯?这么说是在那里!"他转向克里斯先生,"我就说是在附近什么地方,对不?我明天早上就去,要是起得早的话,搞不好能连窝端了。"

端了?玛莉不禁睁大眼睛。"弗里兹,你不是在说要抓那些小宝宝吧?那个狐狸妈妈养了五只小宝宝,它们那么可爱——"

她看到了乔的脸色。噢,她真是永远都不知道什么时候该闭嘴!他脸上的表情分明是这个意思。

"五只小的,嗯?难怪母狐狸那么忙了。"克里斯先生说,"这一天得需要多少只小鸡呀?整整一个星期,这贼婆子天天都来偷我的小鸡。昨天晚上我们在鸡舍外面放了一个罩子,不是它就是公狐狸,竟然从墙下面钻了进去。这也太狡猾了——"

"那只老狗托尼,一点儿动静都没注意到。"克丽西说,"我就说它太老了,看不了门了,睡得跟石头一样沉。"

玛莉嘴巴里一阵发干。"你们要干什么呀?"她问道,她都不敢去看乔了。

屋子里一阵小小的寂静,大家都想起了玛莉和那些老鼠的事情。

"呃,"克里斯先生干咳了两声,"玛莉,说实话,这几年这一带的狐狸都泛滥了。"他转过去看着弗里兹和爸爸,好像不想再和她说这些了。"现在有好多狐狸了,要是想扒点儿皮，能弄不少呢。"他直接看着乔说，"乔，你明天早上带弗里兹过去。说不定你也能开一枪呢。"

这还是克里斯先生吗？玛莉直瞪着他看。

"这样吧，乔，不管是谁打着的，我们俩都平分。"弗里兹说。玛莉知道他是个好猎手，她曾听他们说起过一个打猎季他能打到多少只兔子、野鸡和松鼠。

"好。"乔说。玛莉不能置信地转头看着他，他可是亲眼看到过那些小狐狸在夕阳里玩耍的！"乔，不行！"她说。

"它们还吃老鼠。"克里斯先生连忙说道，"玛莉，它们要吃好几百只老鼠。要是我养了牲口、种谷子或者哪怕有个果园，我都会说狐狸越多越好。可是我家有鸡——"

玛莉说不出一个字来，也听不下去。大家都同意了，她说什么都没用了。要是连乔都——他怎么能这样！忽然，爸爸以前唱过的那首歌在她脑海里回响。不是那首说狐狸去捉大黑鸭的歌，当然不是那首！是那首说残忍的猎人穿着红色皮大衣，而好心的小男孩为狐狸担心，不愿告诉他们狐狸朝哪条路跑去了的歌。乔忘了吗！

克里斯一家和弗里兹离开的时候，弗里兹回头对乔说，他明天早晨会很早很早就过来，大概五点钟吧。乔径直上了床，没有说一个字。玛莉觉得自己浑身都冰冷了。爸爸上楼的时候,她拉住了爸爸的胳膊。"爸爸,那狐狸——"

"玛莉,别说了。"妈妈说,"你担心这些一点儿用处都没有,你怎么就老也学不会呢?"

"我是想要爸爸唱首歌,"玛莉说,"那些狐狸让我想起了关于狐狸的歌。"

爸爸妈妈交换了一下眼神。

"先唱那首偷了鹅的吧。"玛莉想先分散一下他们的注意力。接着,她想道,要是爸爸唱了那首猎人和那个好心的小男孩不肯告密的歌,等她上楼的时候乔就会明白她要说的意思了。他听了那首歌肯定会明白的。

"嗯,好吧,那就只唱两段吧。"爸爸说,"丽丽,你知道吗?我一直在练习,现在又会唱那首打猎的歌了。"

他真的唱了。第一段说的是猎人来了,吹响了号角,猩红的大衣在飞快地跑。玛莉打开靠近楼梯口的门,以确保乔能听见。

"嗨,小伙子,猎人喊道,
嗨,你看见狐狸跑过去没?
嗒嗒嗒嗒跑过去。
嗒嗒嗒嗒跑上山?"

好了,玛莉想道,又把门打开了一点儿。下面一段是给乔听的。

"我会告诉他们吗？不，我才不呢！

我看见了那狐狸溜过去！

喘着气，累坏了，筋疲力尽地过去了。

我会告诉他们是哪条路吗？

嗒嗒……嗒嗒……嗒嗒……"

爸爸唱得真好，他吐字很慢，又显得有点儿累，好像真的是那只可怜得快要倒下的狐狸。接着他猛地吐出了最后两个字："不！绝不！"

每次听到这里，玛莉都会觉得自己的头发都要飘起来了。这歌真好，尤其是在今晚。她怀着比以往都要热烈的感情吻了爸爸，道了晚安，然后走上楼梯，把身后的门关上。可是乔的房门已经关上了，灯也关了。

那么，他是不想说话了。

可是她想。她把乔的房门推开一条缝，轻声喊道："乔……"

没有反应。

"乔。"她又叫道。

他突然开口了，原来他根本就没在床上。他就那么摸黑独自坐在窗边。"你就不能安静一会儿？"他压低嗓子说道，"行不行啊？我得想个办法。要是我能过去在洞口扔个石头,搞点儿动静出来……我是说,如果我能赶在弗里兹前头去把它们吓跑的话。"

"噢,乔,肯定能的!"玛莉说着,兴奋起来,"今晚!乔,今晚就去山上!"

他的声音听起来很不耐烦。"这次肯定不能等到明天早上啊,不行!弗里兹要是知道我想干什么,肯定以为我疯了。你想想,一共七只,一只能值四块钱呢!得有不少钱!"在黑暗里她找到了他的目光。"你要是不说就好了!有时候我觉得什么都不跟你说就好了,什么也不带你看。"

"乔,我非常抱歉。真的,我再也不会说任何事情了。唉,我还以为克里斯先生和克丽西,还有弗里兹会喜欢那些小狐狸呢。"她顺着乔那边朝窗外望去,外面黑黢黢的一片,很吓人。她打了个寒战。"这么黑,走过那些小丘过去实在太可怕了。"

"我带一个灯,就朝洞那边扔石头。"他低声地说着,意思却很坚决,"你和我一起去,给我举灯,行吗?把它们赶走就行。"

"乔——我也能去?"她忽然觉得四周光亮起来,一阵喜悦的激流注入了温暖明亮的屋子里。是她让狐狸陷于危险之中的,可今晚要去救它们的也是她。

"就怕它们不肯走。我也不知道,我的田野手册上说——"她关上门后,乔打开灯,指给她看,"看这里——'雄性养活雌性和幼崽,并且会冒着生命危险把敌人引开'。"

"我们不是敌人。"她说,"要引也是把弗里兹引开。"

"狐狸怎么会分得清?"乔问,"我还真没听说过这样的傻话呢。可现在已经不是把弗里兹引开的问题了——他知道洞在哪里。"

"要是我没说就好了!"她叫道。

"已经没有后悔药了。你当时又不知道。"他坐在那里盯着书看,想要看出一个什么办法来。"也许我们可以在一个洞口生火,把它们熏走。像蜂巢那样,"他说,"它们总是有一个前门和一个后门的。"

她振奋起来。"乔,它们真聪明,一个前门和一个后门——"

"现在回去装成要睡觉的样子,"他对她说,"但要穿上暖和的袜子什么的。等爸爸妈妈一睡下我们就走。"

等了几乎有一个世纪那么久,兄妹俩才听到爸爸妈妈上楼的声音,终于又听到他们洗漱好了,上了床,最后打起了呼噜!玛莉听到乔的房门开了,她兴奋得都快喘不过气来,脖子后面有一点点奇怪的刺痛。她尽量不发出声音,跟在乔后面下了楼梯。乔从抽屉里拿出手电筒,又拿了一盒火柴和一块抹布,还有一罐煤油。

老天,路上可真黑!乔在前面带路,只时不时地打开手电筒迅速地照亮一下。他们走过克里斯家,那里一片漆黑。又走过田野和草场地。黑夜是多么广阔无边啊!玛莉从没见过这么磅礴的景色。朝山上走去时,她抬起头望着,心里充盈着一种从未有过的巨大、高昂的感觉。要不是有乔在前面紧紧地带路,她肯定要吓死在半道上了。乔打开手电筒时,照出路上斑驳的影子和树林石头之间影影绰绰的明暗。

到了洞口那个斜坡,乔站定,等了很长时间。他害怕了吗?玛莉害怕地想,也许乔是害怕了……因为如果连乔都害怕了的话,那就说明这事还真挺危险的。可他并没有害怕,他只是在盘算该怎么做。过了一会儿,他大声地开了腔。玛莉吓得跳了起来,她以为他会轻声说话的。"看着,玛莉,你把两个手电筒都打开,等我找到出口,就往洞里照。明白没有?我就把这块抹布准备好,然后点着了塞进去就跑。明白没?"

"往哪里跑?"

"还回上面这儿。看看它们会怎么样。"

说干就干。乔在山坡上搞出了很大的动静,把石头什么的都往下面扔。当然了,越快吓到狐狸越好,他们不就是要来吓跑狐狸的吗？

"洞穴在这里。"他说。这个洞口可真大，上面覆着草，就像巨大的睫毛般遮挡在那里，从上面什么都看不出来。玛莉的手抖了起来，灯也照得颤颤巍巍的。抹布一下子就点着了，乔刚擦了第一根火柴，点着了就赶紧塞了进去。

他们俩连滚带爬地往上跑。

没等多久，另外一边的洞口就跑出来一个细长的身影，然后是另一个，接着是另一个小点儿的，最后是一串。火光照得清清楚楚，乔还突然把手电筒直接照了过去。一排闪亮的眼睛。抹布烧完了，火灭了，没有任何动静。

他们等在那里。远处传来一声狗叫，是狗吗？"我不知道狐狸爸爸是不是在里面，"乔说，"我只看到了一只大的。也许狐狸爸爸是出去打猎了，狐狸妈妈在叫它。"

他们又听到了远处传来的一声叫唤。"如果这是狐狸妈妈的叫声的话，它已经走了很远了。"乔说，"我看它们不会再回来了。不过以防万一，我们还是在门口堆点儿石头什么的吧。你是不是困了？"

"不，我一点儿都不困。"这话是真的。玛莉太兴奋了，一点儿倦意都没有。她跟着他干了起来，在两边的洞口都放了不少石头。

"好了,也只能这样了。"乔说。

结束了。玛莉累极了,路都快走不动了,可她没有说出来。到了家里,两个人都没出声。一直到房门口,乔才猛地抓住她的胳膊,捏紧了低声说道:"一定不能说出去,明白了吗?一个字都不要说。"

"一个字都不说。"她说。

"真的?"

"真的,乔,我向上天保证。"

她记得的就这些了,然后是黎明的时候弗里兹来按喇叭的声音。他平时都开着这辆货车在农场四处跑,有着忙不完的活儿。乔下了楼梯。玛莉从窗口看去,乔也拿着一支枪。躺下后她打了个好大的寒战,一想还是起来算了。于是她下了楼,把火生得旺旺的,还拌了面粉要烤饼干。

"哟,谁这么早就起来了呀!"爸爸说。他走到门外去听了一下,回来问道:"玛莉,你听到枪响了吗?"

"没有。"她说。

"我知道你在听着。"他拍拍她的手。爸爸还以为自己什么都知道呢,她想,可这一回他错了。他一点儿都不知道,而她什么都不会说的,一句话也不说。

他们一声枪响都没有听到。一早上都没有！很快传来了汽车的声音。乔打开车门下来，冲弗里兹挥了挥枪。车开走了。乔出现在门口的时候，玛莉的心跳得好快，她冲他看了一眼——乔挤了一下眼睛。

"真搞笑，"他说，"我们到了那个地方，却连一只狐狸的影子都没看到。洞里塞满了东西，弗里兹说自己从来没见过这样的事情。"

玛莉跑去看看饼干，已经烤好了，又大又焦黄。她觉得喜悦都要冲破皮肤迸出来了，于是她唱起歌来。"嗒嗒……嗒嗒……"唱到那一句"不，绝不"的时候音太高了，她唱破了，可她一点儿都不在乎。

"我怀疑……"爸爸说。

可他没有说完，也没有人回应他。

第八章

隐士哈利
Harry the Hermit

"哎呀,一年到头在这两个地方跑来跑去可真够讨厌的,"妈妈说,"把东西收拾来收拾去的烦死了。"可是累不累的不说,妈妈瞧着却是挺快乐的样子。毕竟,这个夏天他们都不用再回公寓去了。

这次他们是在白天开车去的,一路上都是。出发得不算早,准备东西,锁好公寓的门就花了他们不少时间。在山脚下他们老远就看到爸爸挥着手走了过来。

"哟,他系着围裙呢,"妈妈说,"肯定是在给我们准备晚饭。"

的确如此。不光是给他们,还有克里斯先生、弗里兹和克丽西也要来。爸爸忙个不停,都忘了问他们的成绩单怎么样,有没有留级之类的。当然了,等他们都汇报了之后,爸爸还是很开心的。他说:"我就知道今天有很多理由值得大肆庆祝一番!"

克里斯一家来的时候,爸爸正满头大汗地靠在炉子边,脸庞红红的。"对于克丽西这样的一个大厨,我唯一拿得出手来招待她的食物,就是烤牛排了。"他说,"今晚就吃这个吧。"

"还就吃这个?还有比这更好的佳肴吗?"克丽西说。

一整个晚上都很美好,欢乐而特别。这是他们在枫树山上度过的最棒的一个晚上,当然要除去第一天在枫糖屋的那一夜。牛排都吃完了,大家坐在那里唱歌、谈天、讲故事。接着克里斯一家和弗里兹说该回去了,大家互相握了一圈手。克里斯先生站在门边说:"这回在树叶变色之前,你们都不会走了。"

"我看树叶变色还早着呢。"妈妈说,"我记得以前外婆总是说,我们等不到一年最美的时候就离开了。"

玛莉站在门廊上,闻着花朵的芬芳,看着漫天的明星。"秋天不会比现在美的,"她说,"不会的。"

门廊的屋檐上挂满了藤蔓,月亮在这枝叶间冲她点了点头。那些叶子大小不一,有嫩嫩的新叶,也有一大片一大片成熟的叶子。克里斯先生好像也在想着这个,他说:"弗吉尼亚爬藤好像跟我们一样,也很喜欢大家庭团聚嘛,大大小小的都在一起。"

第二天早晨玛莉在床上躺了很久,就那么听着。窗外有好多种鸟儿在歌唱!还有叶子沙沙的声音,现在窗户是开着了,她能听到最最细微的声响。她甚至听到了溪水顺着山坡潺潺流下,像是雨水滴答的宁静声音。

我们是真的来到枫树山了,真的。她想。她起身穿好衣服,跑下楼,一直走到门外的艳阳中。到处都是露水,不过暖暖的。要不是肚子已经饿得像三只小熊加起来那样咕咕叫的话,她想,简直一整天都不用生火了。

山顶有人喊着"哟——嚯",不用说这是乔的声音。他是忍不住想让她知道不管她起得多早,他才是更早的那一个。不过她立刻挥了挥手,也冲他喊着"哟——嚯"。

转眼她就把乔忘在脑后,因为她发现屋子旁边有些可爱的小东西。地上冒出了一长溜的红点点,舒卷着弯弯的叶子。那是大黄。她长这么大还从没在菜市场以外的地方见过大黄呢。她正弯腰看着的时候,爸爸从屋子里出来了。"是我发现这些大黄的。"他骄傲地说,"长得不错。玛莉,你知道吗,芦笋也长出来了。"

他把园子里的东西指给她看,骄傲地带着她一一看过那些成排的小叶子。他什么都清楚，哪怕那些东西都长着差不多的样子，只除了狐尾藻。

那天就是这样开始的，之后的每一天也都是如此——美好的惊喜接踵而来。初夏比早春更叫人惊喜，万物蓬勃起来。每一天不再有新的东西长出来，不过现有的那些却越长越茁壮。每一天的生长速度都肉眼可见，尤其是——如同乔所抱怨的——当你得除草坪的时候，尤其是——像爸爸所说的——当你得给园子拔杂草的时候。

路边伸出来高大的蕨类，原先只是毛茸茸的小卷叶。妈妈在花园里不断地找到太婆从前的最爱。门廊前面的树丛里结了花蕾，然后开出了黄色的玫瑰。几个星期之前，旧草丛里钻出了黄水仙、香味风信子，还有鸢尾。花圃清理干净之后，紫罗兰冒了出来。房屋的背阴处，大树的下面，是铃兰，郁郁葱葱地挤在一起。用妈妈的话说，一丛就够做一束新娘捧花了。而采了那么多下来，那里还像是没动过一样。

晚上的时候，一阵微风拂过，带来白丁香和紫丁香的香气。

弗里兹给爸爸的菜园子犁了地，红色木莓在园子外的野地里探出脑袋来了。爸爸每天很早就起床，一直都在菜园子和藤子那里忙活，直到天黑透了才回来。克里斯先生到家里来的时候，就和爸爸站在外面或者坐在草地上。他们俩永远有着讲不完的种子、野草、小虫子、打虫药和水果的话题，就好像妈妈和克丽西永远有着讲不完的花儿、果冻和果酱一样。

"我原以为玛莉最会问问题，"有一次克里斯先生说，"但现在看来戴尔拔得了头筹。要是我和弗里兹不勤快点儿，他种出的菜就要拿走集市展会上所有的绶带啦。"

"可惜等不到集市展会我们就要走了。"爸爸说得好像要是不走的话，那些绶带他就拿定了似的。也是啊，瞧他种的那些东西长得多好呀。

弗里兹似乎都有点儿嫉妒爸爸的菜园了。"这块地好久没种过东西了，"他说，"自然又新鲜又肥沃。"

弗里兹隔三岔五就会过来说爸爸该歇歇了，于是他们就钓鱼去。当然了，乔也会去。这样妈妈和玛莉就可以拥有妈妈说的那种"纯女性时光"了。一整天都不用正经地煮东西，随便吃点儿剩菜就行。等男人们回来了，大家就吃鱼。美美地在锅里煎上，脆脆的小鱼嗞嗞作响。就算爸爸没钓着，弗里兹也从不空手而归。还有乔，弗里兹说乔天生就是个捕鱼好手。

"也许，"有一个和煦的夏夜，大家坐在那里，面前的盘子里放着一堆细骨头，玛莉听到爸爸对妈妈说，"一家人完全住在水上也是有可能的。"

"完全？"妈妈说着摇摇头，"那鞋子怎么办？"

玛莉明白妈妈的意思。有很多东西是长不出来的。每次说到住在水上时，总有人来这么一句总结："过去的时候，那些人是怎么就这样在野外生活的呢？"

有天晚上克里斯先生给大家讲了一个故事，说的是最开始的两个白人小男孩是怎么在这个山谷里度过整个冬天的。他们的妈妈是个寡妇，家里有很多孩子，还有奶牛。她带着家人和奶牛，就在春天的时候来到了这里，弄了个农场。冬天时她回到了在远方镇子里的家，留下两个儿子看着奶牛和他们在这里盖的小屋子。

"那两个孩子干得挺不错的，"克里斯先生说，"大的那个才十四岁。第二年春天全家人又来了，后来他们家就留了下来。现在，在我们乡下到处都能看到他们家这个姓，几十个邮箱上都是。"

"我也没问题，"乔说，"只要给我一个屋子和一头牛就行。"

"当然还要有一把枪。"弗里兹说。

"这里有个老人家就是这么过日子的。"克里斯先生说，"我们叫他隐士哈利。他住在山的那头，南边，就是鸭子会去的那个池塘上边。"

"那也能叫过日子吗?"克丽西皱起鼻子,"他养了山羊,听人说,冬天他就跟羊睡在一个屋子里。"

第二天早上,一点儿都不意外地,玛莉看到乔往南边走了。

我也想去看看那个隐士。她嫉妒地想着。接着她就想到了一个主意。干吗不去呢?她可以跟在乔后面,在视线范围内跟着他,不喊也不叫。他是没叫她去,可要是她就这么去了,他也没有办法呀,是不?

她发现自己快到足以让他的身影保持在视线范围内,除了翻过山头的时候。乔不慌不忙的,走过克里斯先生家后他转进了一条小路。接着,果然很快一个可爱的池塘就出现在眼前。乔绕着池塘走了一会儿,朝水里看看,又蹲了下来。有那么一会儿,玛莉以为乔不打算往前走了,可很快他就又动身了。最后他在一个摇摇晃晃的邮箱旁边停了下来,看着山上。前面是一望无际的广阔草原,草浪翻飞,没有一棵树。草原那头矗立着一个小屋,再后面是一个更小的谷仓。在宾州这块地方这显得很不寻常,一般的谷仓都要比房屋大上十倍。一条崎岖的山路通向山脚,伸到乔站着的邮箱旁。

玛莉看见乔绕着邮箱走了两步,也许是在看上面的名字吧。接着他又往里面瞧了瞧。有封信?他不是要看别人的信吧?这可是违法的。而且会被屋里的人看到。

她决定开口喊他,该让他知道她也来了。

乔看见她一点儿都不觉得惊讶。她沿着小路走近时,乔说:"你以为我没看见你吗?我早知道你一直跟在我后面。可是玛莉,你来瞧瞧,你看这个是什么意思?"在邮箱里有一小块蜂巢,前面立着一张纸条。纸条上说:"主人外出。蜂蜜自取,零钱自找。"纸条旁边放着一个二十五分和一个五分的硬币。

"他可真信任别人,是吧?"乔凝视着那屋子,"要是今天他不在家,我们干吗不四处看看呢?"

世上再没有哪个地方比这里更适合四处看看了。整个屋子都是木板盖起来的,很简陋,漆成了灰色。后门敞开着,苍蝇欢快地从纱门的洞里进进出出。

"别往里面看了,乔,"玛莉说,"我觉得别人不在家的时候往屋里看不太礼貌。"可乔还是站在那里伸头往里面看啊看。很快他就转过身对她说道:"想不想看点儿有趣的东西?跟我来吧。弗里兹告诉我,这个老人家会做木头锁链,这里就有好多,各种大小的,墙上挂得到处都是。"

于是她也伸头去看了。他们转过身从小屋旁走开的时候，看到院子里的大橡树旁边放着另一条锁链。那还是个半成品，用克里斯先生的话说，用的是得有"一个半的乔那么高的木头"做的。这条巨大的锁链才砍出一部分的形状来，看着倒像是博物馆里的图腾柱子，四面都是砍刀的痕迹。

"从这上面就能看出他是怎么做的。"乔兴奋地说，"弗里兹跟我描述过，可我听得不太明白。那个隐士曾做给他看过。瞧，这边砍一下，对面再砍一下，就是一个环了。等木头全都砍好了，链子也就能活动了——瞧，就是这样的，还能紧紧地连在一起。"

说实话玛莉没太听明白，不过她没出声。

"嗨，我觉得我也能做一个。"乔说。

接着他们又沿着小山探索了一圈，山坡上用石板铺了一条精美的台阶，边缘生着苔藓，石缝里长满青草。小路伸向一座小小的石头屋子，从四面都不太瞧得见，只露出一个小尖屋顶。这小屋有一扇四英尺高的小门。

乔马上就推开了门。玛莉说："乔，我们能这么做吗？"

他看了她一眼。"你以为这里住着谁呢？女巫吗？"他说，"他不会介意的。弗里兹认识他，再说他又不在家，我们不碰他的东西就好了。"

这是一间冷藏室，就像书上读到过的那种，在冰柜

枫树山的奇迹

或冰箱发明之前那些垦荒者用来储藏食物的地方。墙上挂着一个葫芦瓢,和墙壁一样的石板围着一潭深深的水。舀水的口子比旁边的一只桶大不了多少,干净潮湿的石头四周围着一圈蜂巢和一块块小小圆圆的、可爱的淡黄色奶酪!还有一大只平底锅里放着牛奶,上面蒙着一块做奶酪的纱布,四角压着石头。

这真像是回到了过去的那种生活场景。玛莉弯腰舀了满满一勺水,又清又凉。她正要喝上一口,忽然听到门外传来人的脚步声。

"乔!"玛莉的手颤抖起来,水泼洒在胸前,打湿了鞋子,"这要是他可怎么办?我们在这里——"

乔狠狠地瞪了她一眼,意思是"看在老天的分上闭嘴行吗"。她闭上了嘴巴。他们一动不动地站在那里,水滴滴答答地响着,脚步声逼近了。石头咔嗒作响,就像来人的脚底装着几颗大钉子一样。玛莉真希望自己能像《爱丽丝漫游奇境记》里那样倏地变小,这样就可以躲在奶酪或者石头的后面了,随便哪里——

脚步声停止了,四周安静得要命。玛莉屏住呼吸,注意到身旁的乔那沉稳而深邃的呼吸声。一只松鼠跳过半开的门边,回身向屋里看了一眼,又跑走了。

过了好久,玛莉低声说道:"他走了吧?他是不是走了?"

她看到乔咽了一口唾沫。脚步声停下之后的寂静比脚步声还要叫人害怕。乔抬头望着,好像要在墙上找扇窗户或者找道裂缝。可是什么也没有,只有门边射进来一线光芒。玛莉知道他为什么看。他和她想的一样,都觉得有人在盯着自己。他们又等了一会儿,什么事都没有!然后乔低声说道:"我去看看……"他小心地走近门边。

很快乔跳了回来,脸上有一种玛莉从未见过的表情。"他就站在那里看着,他知道我们在里面。"他说,这一次他的声音格外轻。

乔可不是那种在外面不敢跟陌生人说话的人,他跟警察、公共汽车司机,跟谁都说过话。玛莉感觉到全身的血液都凝固了,她打着寒战,手里还拿着那只水瓢。

"眼下只有溜出去,然后——"

"然后怎样?"

"然后就赶快跑。玛莉,他手里可拿着一根大木棒。"他看着她说道,"你就跑快一次吧,怎么样?"

她都不知道自己还能不能挪动步子,更别说跑步了。可她点了点头,不然还能怎样呢?"哎,乔,我们不应该这样跑进来看的……"她低声说道。

乔又朝门边摸去,一边催促她跟上。"一会儿我跳出去就朝山下跑,你跟在我后面,拼命跑。别向上看台阶,什么都别看。只管跑!"乔说。

她觉得都快瘫倒了,可她发现自己还在动。她跟在乔后面摸过冰冷的、水声滴答的石墙,紧紧地跟在他后面。乔到门边了,玛莉听见他深吸了一口气。

然后他一脚跳到阳光下,就跑了起来。她也跟在后面跑着,跌跌撞撞地跑下石阶,跑过一个小水坝,一口气跑过了草原。

那隐士在他们身后喊着。到了草原的边界,他们从电网下面钻了过去。直到这时玛莉才敢回头看了一眼。那是一个个子高高的、瘦瘦的大胡子男人。他走到台阶的一半,挥着双臂。玛莉看到他的肩膀上有一样好奇怪的东西,像是根扁担,两头各挑着一只水桶。他看上去就像一只张开翅膀的巨鹰,另一只手里还拿着一根木棒。

"我猜他是出去挑水了,回来就听到我们在屋里。"乔说,"走吧!"

走在家附近的路上时,乔说他并没有真的害怕,只是那种人你说不好。"你听过那些奇怪的故事吧,报纸上说的那些,挺可怕的。像那个新墨西哥州的老人进了拖车的事。"他不停地回头看着,"要是我一个人,我就去跟他说话了。弗里兹说他是个怪人，但认识了就会发现他其实人还挺好的。"他停在路中央，"也许我们不该就这么跑掉。"

"乔，我们总不能留在那里等着被他捉住吧？那可不行。"

"我们好像不能，是吧？"乔看起来很烦躁，"之前我想不出来还能怎么做，不过现在……"他定在那里，"玛莉，我要回去。这太傻了——就这么跑掉。我只考虑你了，"他指责起她来，"你干吗总是要跟在我后面？"

"你就算自己一个人也会跑的，你跟我一样害怕，承认吧！再说了，都怪你老是要东瞧瞧西看看。对了，你朝那房子里看的时候，搞不好他就在里面！"

"邮箱里的纸条上说了，他不在家。"乔说。

"但没说他是哪天不在家，对吧？也没说他什么时候回来。"

他生气地看着她说："你怎么早没想起来这个！"他可不愿意去想自己那样透过纱窗朝屋里看的时候，正对着那隐士的脸。

"我要回去道歉。"他说。

"乔！现在就去？你一个人？"

"嗯，你可以不去。"

"我没说我要去。我是想说,你最好回头找弗里兹一起去。乔,应该找个人给你引见一下——"

他有点儿拿不定主意,最后又朝家里走去。"也许是吧。"他说。

老天,男生可真有意思!乔要是觉得害怕了,她一点儿都不会怪他,谁能不害怕呀?她也不介意跟别人说自己害怕。可她知道,她只要说起他们逃跑的那副样子,哪怕说一个字,乔就算不恨她一辈子,起码也会恨上一个星期。她想说出来,尽力说得可怕一点儿,可是她知道她要是开了口乔就不会原谅她了。第一百万次的,她庆幸自己不是个男生。做个女孩子,尽可以害怕或者傻一点儿,或者问些愚蠢的问题,大家都只会一笑而过。可要是让别人知道自己问了什么愚蠢的问题或者有那么一丝丝害怕,乔都会急赤白脸起来。别看爸爸这么大个人了,也是如此。

到了自家门口的小路上,她说:"乔,你要是害怕了,我不会怪你的,说真的,我——"

"你闭上嘴巴行不行?你就不能——"他说。

她紧紧地咬着舌头,都咬疼了。她还得咬着嘴巴不让自己说出来,尤其是乔和爸爸在外面除草,只剩她和妈妈在一起洗盘子的时候。有那么一次她差点儿要说"今天早上我和乔——",然后就咬着舌头停住了。

"今天早上你看到克丽西了吗?她昨晚不太舒服。"妈妈说。

"没有,没看见。"玛莉想。要是这次再说了出来,她这辈子就别指望乔上哪儿还能带着她了。洗完盘子上楼关上门,她松了口气。一个下午她都在看书,这样就不会想下去说话了。到了吃晚饭做家务的时候,乔也在厨房帮忙洗洗涮涮。

他严厉地盯着她。"我打赌你肯定跟妈妈说了。"他说。

"我没有!真的!"

"没有什么?"爸爸进来问道。

"这次得要你自己揭发自己了。"玛莉悄悄地对乔说,咯咯地偷笑起来。

"我吃过晚饭去找弗里兹。"乔说。

可是结果呢,他没去成。玛莉也不用再担心要严守秘密了,因为就在晚饭后,这世上除了她和乔,唯一还知道这件事的那个人到他们家里来了。

克里斯先生要是看到这情景,会说"简直用根羽毛就能把乔给推倒了"。当时,敲门声响起,正好是乔去开的门。乔站在那里,一下子傻了眼,都忘了说一句"请进"。爸爸从椅子上站起来,拿下嘴里的烟斗,说着:"你好呀,进来,进来吧。"

于是那个隐士就进来了,整个屋子立刻弥漫起一股浓浓的山羊味儿,就跟克丽西说的一样。他看上去跟其他老人家也没什么太大不同,都差不多,有一把修剪过的灰胡子,外套扣子一直扣到领口。他的头发精心梳理过,个子又高又瘦,手里就拿着今天早上站在台阶上挥舞的那根木棒。

"晚上好。"他说。

他的声音听起来既有礼又特别,一点儿也不野蛮,就是身上有股山羊味儿。"我去问了克里斯先生孩子们住在哪里,"他说,"我怕把他们给吓着了。"他直直地看着乔,然后是玛莉。"早上在我的冷藏室那里,开头我不知道是谁在里面。一开始还以为是些坏孩子,他们有时候会来偷我的奶酪。有一次他们还把奶酪都扔到地上,把所有的牛奶都倒进了泉水里。"

爸爸和妈妈互相看了一眼,然后疑惑地看着乔和玛莉。

"倒进水里?他们这是要干吗呀?"玛莉叫道,"哎呀,那口泉多可爱——"

"你们是不是去他那里了?乔,是你和玛莉吗?"爸爸问道,"我就说你们两个今天早上跑哪儿去了呢。"

那隐士连忙又说起话来,举着手里用报纸包着的一个包裹。"没事,"他说,"没事的。欢迎他们再去。"他看着妈妈,妈妈走过去接过他手里的包裹。

"我带了一点儿自制的奶酪和蜂蜜来,"他说,"很好的东西。除了我的家乡瑞士,再也找不到这么好的山羊奶酪了——我小时候是从瑞士来的。"

"非常感谢。"妈妈说。

"要是孩子们明天还去,我教他们怎么做奶酪。"他说。

"还有那些锁链。"乔终于开口,如释重负又充满热切,"弗里兹说你给他看过怎么做锁链。"

隐士大笑起来。他的牙齿又长又黄,可他的笑容却很好看,玛莉心想。听起来他心情不错。"锁链,那可简单了!"他说,"这里要是有木头和一把不错的小刀,我马上就能做给你看,就今晚。"

妈妈看了一眼爸爸。玛莉知道,妈妈是在担心爸爸会不会愿意留这个山羊人坐下来。爸爸以前不喜欢别人来家里待着,尤其是那种一直说个不停的奇怪的老人家。而妈妈到哪里都能跟各种各样的人混得很熟,好像那些人一般都会拣爸爸不在的时候来家里。

"请坐吧。"爸爸说,"乔,我们磨好的那把刀——"

谁能想到,今天早上的那个隐士,现在,此刻,就坐在他们家的厨房里！他从盒子里随便拿起一块木头，闻了一下说"是枫木，好木头"，就开始做起一根简洁的小图腾柱子来。他长长的黑乎乎的手指快速地活动着，第一个环就这样神奇地出现了，然后是第二个，第三个。他不停地让乔也学着试一两下。乔噘着嘴唇，动作很慢。

"这个做得很粗糙，主要是为了让你看明白。做起来得小心点儿。"隐士说。最后他足足待了四个钟头！锁链没做好前，妈妈煮了一大锅咖啡。她就这么一直煮啊煮，好歹驱散了一点儿山羊味儿。

要走的时候，隐士说："答应我要再来啊。爸爸妈妈也要来。"他看着玛莉。"我有个望远镜，克里斯先生说你会喜欢的。不光是看星星用的，还能从我家的山头看一切小东西。"他笑了起来，"我认识池塘里的所有鸭子。"

乔没有看爸爸妈妈，自顾自说道："很抱歉我就那样跑去看你的家，我以为……"

玛莉在想乔会不会说实话，就是他以为隐士不在家的事。可他没有。他的话音未落，隐士就说道："我不在家的时候，你去了请自便。有时候我在谷仓里，有时候也许在树林里，或者去蜂房了。"他看着爸爸，"有段时间，我儿子也跟我一起住在山上，"他说，"现在他当兵去了。"

他走了，乔坐在门口的台阶上看着。有那么一会儿他就那样坐着，手上勾着那条锁链。

"该拿这些可怕的奶酪怎么办呀？"妈妈说，"哎哟！味儿可真够大的！"

乔起身进了屋子，他脸上满是那种爸爸发怒时才会有的神色。"是很好的奶酪！"他说，"他是个很好的老头儿！我要去学做奶酪，做锁链，什么都学，然后自己搞间房子，就像他那样住着。"

说完他大踏步走上了楼梯。

"行啊你！"爸爸说。

第九章

重大决定
A Big Decision

夏日一天天地生长，膨胀，成熟着。田野周围和篱笆角落里的野草都快没到玛莉的腰了。到了七月四号①草就开始转黄，爸爸特意警告乔和玛莉不要到处乱扔刚烧完的滚烫的烟花。镇上的庆典里，冰激凌一口还没舔完一圈就化了滴落下来。这可真是夏天啊。

"夏天，"那天晚上烟火表演结束之后，大家坐在他家的门廊上吃着自制的冰激凌时，克里斯先生说道，"差不多就是水果的季节，就像春天是花的季节。"玛莉觉得没错。接下来的日子更是如此。每一种花都结着一个果

①七月四号：七月四号是美国独立日，有烟火表演和庆典。——译者注

子，看到它们一种种都各不相同，真是叫人惊奇。比如说，那种绿色的七筋菇花钟下面，结的是漂亮的蓝色莓果，不过很少很少，找遍一片林子也不够串一条手链。玫瑰果则到处都是，黄的红的，在门口随便摘一点儿穿起来，就能武装到脚指头。铃兰结了一簇簇明亮的红果子，而树林里的假铃兰果子上却有棕色的斑点。玉竹结的是一排整齐的深蓝色果子，就在树叶下面垂着的花那里，好像所有的铃铛都逃跑了，只丢下了铃舌。五月苹果的浅色大花朵掉落了花瓣，中间则越胀越大，克丽西说她会花大价钱买下一篮子回来熬酱，可是动物们也很喜欢这个，要装满一篮子可不容易呢。

延龄草张开了白色的大花瓣，下面是一长串小果子，有些是红的，有些是黑的。扭柄花结了浆果，透明的红色，一眼就能望到里面。克里斯先生说荷包牡丹也有这种牛吃了没好处的果子，所以荷包牡丹在夏天又叫"蓝色小醉鬼"。

乔和玛莉一直在采果子，先是草莓，然后是木莓，然后是黑莓，乔说他真是和莓子干上了。可他们还在采啊采。弗里兹带他们去了一块黑莓地，在那里站着不动都能采上一大捧，每一粒都有克里斯先生的大拇指那么大。每次采完莓子都要做派吃，要是蓝莓或者黑莓的话，早餐或许会吃派和杯子蛋糕,午饭或许吃布丁。

有段时间,木材路那边的树上全是厚厚的苦味果,就在不久前,这里还覆盖着一片白色的花呢。苦味果是做果酱的,之后的接骨木果也是。

吃啊,吃啊,吃啊。不光是野生的,爸爸菜园里的蔬菜也都一齐成熟了,大家直吃到妈妈说食物都要从耳朵眼里溢出来了。她榨了汁,做了好多罐头,放了一大堆在冰柜里,留着冬天周末来的时候吃。"我觉得自己就像在埃及时的约瑟,在丰年里为荒年做着储备。"她说。

八月,玛莉找到了最最奇怪的一种莓果。克里斯先生警告过她千万不要吃不认识的果子,于是她带了一把回去问他。每个果子都坐在一朵奇怪的小红花上,摘下果子,花则留在枝上。

"商陆果子。"克里斯先生说,"商陆果子都熟啦!我们以前用它们来磨墨水上学用。"

他说,她要是愿意也可以尝上一口。她自然是尝了,就一口,哎哟,她还是宁愿喝墨水去吧。

妈妈看到这个,大笑着说道:"外婆叫它墨水果子。她一看到墨水果子熟了,就要难过。因为这就表示快要开学,我们快要回家了。"

玛莉收集了一大堆果子,做了一小盘墨水。妈妈说她这辈子都没见过榨这么点儿果汁却大动干戈，一个夏天榨了那么多果汁，熬了那么多果酱，都没弄出过这样大的动静。到处都是紫色的水渍，天花板上，就连只开了一条缝的抽屉里都有。不过盘子里的也够多了，最后玛莉用它写了一封半张纸的信给卡罗尔。"想想吧，一封商陆果子信！"她说，"简直就跟草莓手捧花一样棒！"

冬青树丛里结起红色的果子，克里斯先生说它们一个冬天都会这样结下去。"据说曾经有迷路的人扫开上面的雪，吃这些小果子活命。"他说。

那厚厚的绿叶子吃起来就像在嚼口香糖。有天晚上克丽西做了一道甜点，她称之为"全世界最美味的莓果组合"——冬青果和蓝莓。玛莉没说话，她觉得木莓和醋栗才是最佳组合。

日渐干涸的池塘里的生物夜夜高歌不已，田野草丛里的生物则在白天引吭！克里斯先生说，它们知道冬天就要来了，它们这是要把身体里的响声都排放出去。

接着飘过了几片落叶，山慈菇的树下躺着几粒翅果，路边的马利筋荚果也开始吐出白丝线来。

白天好像越来越短了，克里斯先生看上去有点儿伤感。有一天晚上他抬头望着天空，用一种玛莉从未听过的最最难过的声音说："下一个满月的时候，就要霜冻了。"

克丽西看上去也很难过。"丽丽，真希望你们能看到叶子转黄，"她一遍又一遍地说，"那座屋子好不容易又有了人烟，多好呀。我站在这里看着你们的灯光，就像你外婆在的时候那样。等你们走了，我晚上简直都没法站在这里往那边看了。"

三个星期，然后是两个星期，接着就要开学了。这一整个夏天过来，玛莉有一种奇怪的感觉，觉得一切都来得太突然了。好像夏天原本就要那么永远地摆在你面前，眼下却忽然就要走了。她讨厌要离开枫树山的念头，连带着讨厌起妈妈开始打包的盒子来。可是乔却吹着口哨把盒子拿下来，他好像什么都不在乎。玛莉想。

有一天她正下楼时，听到爸爸在神神秘秘地说着什么重要的事。从他的声音里，她能听出这事儿有多重要。"好了，再拖也不是个事，是吧？现在得做决定了！"他说。

"玛莉会很高兴，"妈妈说，"可不知道乔会怎样。"

"我都没想好冬天要怎么进进出出，"爸爸说，"可是克里斯说，在那块低的地方铺上一大堆石头就行了，就一点儿问题都没了。郡上会保持主路的通畅让校车出入的。"

玛莉开始颤抖起来，她就要明白他们是在说什么了。"我每想出一个反对意见，克里斯都能找到办法解决。"

爸爸接着说道,"他们是真想让我们留下来。"

"留下来?留在这里?在枫树山?整个冬天?玛莉把耳朵伸得像驴子一样竖到一边,费力地听着。妈妈在翻动着锅铲,她说的话不是每个字都能听得清楚。

"像往年一样紧密,是吧?毕竟,自打我记事起,在我记事之前,外婆就常年待在这里。克里斯说了,要是再有暖气,这屋子根本就不是问题了,戴尔。"

"我知道。"玛莉听出爸爸的声音带着点儿难过,"可对孩子来说不公平——要不是上学的事情。"

"当然,我自己不觉得乡下学校有什么问题。孩子们在这里,会比在城里那么多人的学校里得到更多的关注。就是乔,他很喜欢去大学校,什么都是新的,他也喜欢自己的朋友圈子。他还想参加乐队去吹号呢。"

玛莉听到"乡下学校"之后,后面的话就没怎么听进去了。她和乔去看过那个小小的枫树山小学。那里有一座滑稽的钟楼,后面甚至还有块墓地。在矮一点儿的山头上,有些墓碑,杂草丛生,东倒西歪。上面有几个有趣的名字,叫什么梅海塔布尔、约瑟夫斯,还有些跟死亡有关的可怕字眼。他们从校舍那满是灰尘的窗户里望进去,笑个不停。墙上挂着成排的画,是孩子们在春天涂鸦的鸟儿、柳枝和郁金香。还有一个他们长这么大都没见过的巨大的圆圆的炉子。六排桌子从小到大排列。乔说这学校看着像是给"六只小熊"上课用的,从大熊到小熊。

"想想要是在这种地方上学!"乔这么说过。

这下乔会怎么想呢?她等不及要去告诉他,听听看他是怎么说的了。她又蹑手蹑脚地爬上楼,进了乔的房间,可他还在睡觉。他躺下来时看着真高,尤其是这样四仰八叉地躺着。他一摊开四肢在床上,就再也不动弹了。爸爸说他睡起觉来就像一块石头和一根木头滚在一起。

"乔!"她喊道。

他嘟囔着,翻了个身,把被子蒙到脑袋上。

她坐在床沿边。用那个小学校来逗逗他倒不错,她想。于是她弯下腰,凑近他的耳朵说:"乔,你猜怎么着?我们再也不回匹兹堡了,我们整个冬天都要待在枫树山!"

"什么?"他一下子坐起来,把玛莉吓得差点儿从床边跌下去。你会以为他一周以来都清醒着!

"真的,我刚听到爸妈说的。爸爸说这屋子冬天待着也没问题,而克里斯先生说路不会堵住的,妈妈说校车会开过来——我们就要去上墓地旁边那个滑稽的小学校了!"她的声音颤抖起来,这时她才意识到自己所说的并不真的是事实,至少还不是已经决定了的事实。可是妈妈想要做的事情，爸爸从来没反对过，在这一点上她倒是没说大话。而且也看得出来，爸爸说话的口气表明他其实也很想留在枫树山。

乔看起来真的慌了。"那个学校？"从他的表情看得出来，他想到了匹兹堡的那所气派的大学校。几大栋楼房，好多好多间教室，还有体育馆什么的，还有警察帮助学生过马路。

"我不相信。"他说着下了床，朝门边走去。

"乔——"玛莉连忙跟在他后面，"爸爸妈妈是这么讨论的，明白吗？还没说定下来，不过爸爸——"

"我就知道不会的，"乔说，"你总是搞错。"他站在那里生气地看着她，"我说这都是你编出来的吧？什么呀，我们昨天还在打包呢！"

"我听到的，"她说，"妈妈说不觉得乡下学校有什么问题，我听到她——"

"真的？"

"真的。爸爸说这对我们不公平，然后妈妈说她不觉得乡下学校——"

"想想吧！"乔像是再也听不下去了，打断了她的话，"那个学校！那么多小孩在一个教室里！就算全世界只剩一间学校我也不去那里！哼——"他简直找不到合适的词来形容这情况有多糟糕。他转身去开门,可玛莉拉住了他的胳膊。

"乔。"玛莉尽力摆出一副严肃的表情,"我知道妈妈在想什么。你瞧,在这里,爸爸变得好多了,是不是?"

有那么一会儿,乔站在那里不动,看着她。她看见乔的脸上浮现出了害怕的神色,每当爸爸发火时,乔就是这样的表情。有一次爸爸甚至伸手打了乔的脸,打得很重。妈妈跑过去一把抓住爸爸的胳膊说:"你再打一下看看!"那时候乔的脸上就是这样的神情。

"有一天我和妈妈在菜园子里,"玛莉说,"爸爸在另一头。妈妈说:'爸爸在枫树山是不是好多了?真是棒极了,对吗?'爸爸一直在那里大声地说笑,唱着歌讲着故事,直到摘完最后一根豆角,拔完所有的胡萝卜和甜菜。"

听她说着这些,乔慢慢地走回床边。他又躺了下来,把被子蒙上。超大的电影院、博物馆、音乐会和科学展,玛莉知道乔喜欢的城里所有的一切。他还喜欢大桥、小山坡甚至还有钢铁厂。他喜欢熙熙攘攘的人群,还有警察。他有自己的朋友,他们到哪里都一起。城市对于男生来说要好上许多,她想,即使是那些喜欢探险的男生。

"乔,你就不喜欢枫树山吗?"她问,"一点儿都不喜欢吗?"

"当然喜欢。"他的声音闷在被子里,显得又小又遥远,"可是……"他露出脸来,"可是我还打算加入乐队去吹号什么的呢。"

"乔,也许不是一定要待在这里。"她说,"你去跟爸爸谈谈你怎么想的,他们是说得要做出决定了。"

他又坐了起来。"玛莉,你这是什么意思?我以为你说他们已经决定了。"

"就是在讨论,知道不?爸爸说我们得做个决定。"

他猛地扔掉被子,差点儿砸在门上。"好,那我下去问个明白。"他说,"你一会儿这样说一会儿又那样说,要是什么都不知道,你就别乱说!"他已经到楼梯跟前了,"我这就下去问个明白。"他又说了一遍。

玛莉听到爸爸说:"问个明白什么?"

哦,老天,她想,我干吗要这么激动,胡乱说这些呢?至少根本还没定下来。她总是喜欢一口咬定什么事情,有时候是没错,有时候却不是。她跟在乔后面下了楼梯,懊恼地想自己一个字都不该说的。

"我们是不是要像玛莉说的那样,整个冬天都待在这里,去上那个滑稽的破学校?"乔问道。妈妈从炉子前面转过身来。"玛莉是这么说的吗?"她问,"她这是打哪儿冒出来的念头呀!"

玛莉走进厨房,乔转过身责备地看着她。她说着脸上发起了烧:"我听到你们在说这事,我正要下楼的时候——"

"过来坐下,你们两个都过来。"爸爸说着,看了看妈妈,"丽丽,我就说得做决定了,嗯,就现在吧。"

可怜的乔脸上又露出了那副挣扎的表情,他看都不看玛莉一眼。要是爸爸说自己在这里就好好的,到了别的地方就会不舒服,那还有什么可决定的?

"玛莉总是这样,话说得太快,"爸爸说,"还没决定呢。毕竟,我们一家有四个人,而这是个重大的决定。"

于是,早餐期间,直到吃完之后的很长一段时间,大家一直谈着。爸爸拿出一张记分卡,划掉了"对方"和"己方"两个词,写上"留下来的理由"和"回去的理由"。可这毕竟不是在打牌,两边人数一样势均力敌。有些理由比其他的都要重要,比如说妈妈说的那个"爸爸在枫树山比较好"就足以抵掉对方四十分了。大家其实一直对此都很清楚。爸爸写下这一条时,脸上的表情显得可怜极了。

"好了,大家都记住,这和另外一边的学校和优势同样重要。"他说。可是枫树山这边的得分太多了,简直什么都有。像是"生活在乡下比较便宜",还有"这里有克里斯一家"和"靠政府补贴就够了,妈妈不用工作"。玛莉还想写上"这里有奇迹",可又怕大家不明白她的意思。她也不知道自己能不能解释清楚。

到了投票的时候,就连乔也看得出来回城市这个决定没什么机会了。他好像已经看到自己的小号和漂亮的大学校都打水漂了,可他还是一如既往地表现得很好。尽管哽咽着喉咙,他也还是投了留下的票,接着马上就走出去,消失在路的尽头。玛莉在想他一个人的时候不知道会不会哭,要是她就会;可她想乔应该不会吧。

爸爸站在厨房门口,看着乔走了。"就这一年,"他说,"然后我就能回去干我的老本行了,我清楚的。"

玛莉想追上乔,把爸爸的话告诉他。可她还是决定等一等。要是万一乔正巧在哭,他可不想被任何人撞见。

于是她跑去克里斯先生家报告这个重大决定。这里可没有人要哭!克里斯先生把她抱起来抛了两下,大笑起来。克丽西说:"当心点儿,克里斯!"可她也大笑起来了。他们开始说起枫树山的冬天会有怎样美好的事情发生,还有在这里过节会有多么美妙。到时玛莉和乔还会有匹马来拉那只精美的小雪橇。"乔可以把它漆回原来的红色,"克里斯先生说,"我还可以把旧雪橇铃拿出来,到时你们就会觉得自己像在一张贺卡里了！"

"我要去跟乔说雪橇的事，"玛莉说，"他一想到那个小破学校就不开心。"

他们俩一齐惊讶地看着她。克里斯先生的脸有点儿发红，比平常更红一些。"喂，那可是座好学校。"他说，"我跟你说，我们这儿的学校可不比别的地方差，还大得很呢，一直在扩建。"

玛莉起先有点儿摸不着头脑，后来明白了。乔要去的根本不是墓地旁那个小破学校，他十二岁了，要坐校车去镇上上学。"那里也有乐队吧？"她赶紧问道。

"乐队？谁不知道这里有个乐队啊！乔要是想参加乐队，这个正合他意。他们会穿着红色和金黄色的制服，在橄榄球赛上表演。去年他们还参加了一个州内比赛，拿了一项荣誉奖呢！"

玛莉急着想告诉乔学校和乐队的事，她一路跑回了家。可是乔不在家，他中午都没回来吃饭。

"知道吗？要是你说他去找他的隐士朋友了，我可一点儿都不惊讶。"爸爸说，"乔跟那个人还真有点儿投缘，真有点儿意思。"玛莉觉得爸爸听上去都有点儿吃醋了。

"乔最近在帮他干蜂房和山羊的活儿，他们在做一道木头栅栏。"玛莉说。

"我希望他至少能回来吃个饭。"妈妈说着,目光朝窗外望去,沿着山坡,一直望向山下的空荡荡的小路。

"比山羊奶酪和蜂蜜更可怕的是,"爸爸说,"克里斯说哈利烤的黑麦面包是他吃过的最好吃的食物。"

洗完盘子,玛莉溜了出去,朝哈利家走去。就在第二个转弯的路口,她看到了乔。他和哈利正围着屋子在筑一道尖角栅栏,是用柳条交错编起来的。乔跟玛莉说过这栅栏。就像是那种墨西哥印第安人做的,他说,只不过墨西哥人是用正开着鲜红花朵的仙人掌编的。哈利说他的栅栏会在地里扎根,明年春天抽出绿叶来也说不定。

乔看见她来了,她还没来得及说学校和乐队的事,他就先嚷嚷开自己的新闻了:"玛莉,知道吗?这个冬天我要有两只自己的羊了!"

"乔!哎呀,妈妈不会同意的!"

"喂,干吗不同意?"他生气地打断道,"要是我们真得住在乡下,就得想办法好好过下去呀。哈利教我怎么挤奶、分离黄油和做奶酪了。你以为我冬天还想跑那么远去克里斯先生家拿牛奶吗?"

哈利坐在地上,给一堆篱笆枝子削出整洁的尖头。他抬头看看玛莉,灰色的胡子抖动着,大笑起来。"乔说得对,"他说,"你们得有自己的东西,所有的东西,在冬天之前都得准备齐了。我也有点儿东西要给你。乔会给它们做一个篱笆围着,不过得做得高一点儿了。"

是小鸡。哈利说他的小鸡太多了,他们今天少说也得带上八只回去。作为礼物,他早就准备好一只装橙子的筐来放小鸡了,两边还整洁地系上了绳子做把手。"这些就交给你照管了,"哈利对玛莉说,"住在农场,人人都得照管一些有用的活物。"

玛莉从来不敢凑这么近、这么久地看着哈利,现在她就这么直直地望着他的眼睛。他的眼睛是蓝色的,很是锐利,却也闪着和善的光芒。

再没有比这更奇怪的事情了,可玛莉却兴奋无比,她甚至忘记了自己来这里是要跟乔说什么的了。她还从来没进去看过哈利的家,于是乔这就带她去看了。在山谷的下面,也就是冷藏室那个山头的西边,哈利垒了三处好大的石壁,是用大石板紧密地堆起来的,像石头墙一样漂亮,缝隙间还生出草和青苔来。他的屋子周围用篱笆围了好多格出来,圈着不让小兔子进来——哈利说的——护着花儿和蔬菜。门前还有一簇簇的百日菊、金盏花和大黄。

他刻木头的地方也棒极了——在一棵大橡树下。玛莉长这么大都没见过这样高的橡树。那里放着锯木架，还有三堆木材，大号小号中号的木头，都整整齐齐地排列着。第一次哈利挑的那根奇怪的扁担就靠在树上，他说那是用一棵小树削出来的，正贴合他的肩膀。上面刻满精美的图案。每样能刻图案的东西上都刻上了，就连小谷仓里的牲口隔间和山羊们倚着脑袋的柱子都是如此。还有一个小小的搭脚供它们跳上去，好给它们挤奶。还有，每一只山羊都用莎士比亚戏剧里的角色给起了名字！

"我们要带回家的是罗莎琳德和奥黛丽。"乔说。

到处都是木头锁链，最大的一个环有玛莉的脑袋那么大，最小的那个哈利拿来当书签夹在书里了。

太阳要落山了，哈利把玛莉带到草场上头，让她去看望远镜。他调好焦距对着下面鸭子们游泳的那个池塘。"黑鸭随时都会来，"他说，"还有野鸭。到时候我们就可以美餐一顿。"他还把望远镜对准草场那边，看着野鸡来来去去。玛莉一刻也舍不得挪开眼睛。从那长长的管子里瞧着野鸡，就好像跟它一块儿散了个步。她能清楚地看到它那白白的脖子和耳朵上的一小撮白毛，落日的余晖在它长长的尾巴尖上洒下无数的色彩。

等她终于恋恋不舍地放下望远镜，哈利笑了。"你瞧，还有人问我住在这里寂不寂寞！"他说。

这个问题可真够傻的。他有六只山羊，五个蜂箱的蜜蜂，一窝小鸡，一群鹅和一对红雀常年在他家门口转悠。小兔子到他的手上来吃东西，小鹿每天早晨都到他的大坝那里去喝水。他走过去跟小鹿说话，小鹿从来都不会跑开。他的朋友里还有旱獭、浣熊、松鼠和花栗鼠。他的谷仓里有一只猫头鹰，会在夜里跟他聊天，还有一对燕子。他有野鸡和松鸡，大坝后面的池塘里还有鸭子和鱼。还有小雨蛙和青蛙，更别说窗户那里还有蜘蛛和它的几千个小宝宝了。他还指给玛莉看，桌子那里就有只蜘蛛，悬着四袋子的卵，他可以一边吃饭一边看着。如果再算上蛾子、蝴蝶和甲虫的话……"对了，还有蜥蜴和水獭。"乔说。

"还有麻雀也一直都在。"哈利说。

"还有蛇。"乔故意说道，他知道玛莉怕蛇。不过他又赶紧补上："玛莉，等你熟悉了那些山羊，你就知道它们才是最好的。"

真的，就像他说的，每只山羊都长得不一样，就像人与人一样。每一只都笃定地看着你的眼睛，在好奇这一点上它们倒是都很像。有三只半大的山羊，瞧它们和哈利的那股亲热劲儿，有趣极了。他一走近谷仓，它们就想凑上来蹭一蹭，伸长了脖子咩咩地叫，想叫哈利去碰碰它们的小鼻子。哈利一把它们放出来，它们就跑着跳着翻过草场上的每一个小丘，从那小小的高度上凝望着世界，好像这全是属于它们的一样。

"玛莉，你知道吗？哈利曾在城市里住过五十年，"乔说，"今天早上我来的时候他对我说的。"

哈利听见了。"是因为克里斯先生我才留下来的。"他说，"当时我厌倦了尘世，老婆也丢下我跑了。我打过仗，回来后在外面还老想着跟人斗，甚至在自己家的屋子里都是。我烦透了打仗，乔说你们的爸爸也是。于是有一天我收拾了一个包袱开始流浪。有天早晨我走到了这条路上，当时我饿坏了，看谁又都不顺眼。忽然我看到有个人在田里干活儿，就在那里，大坝那边。我停下来，跟他聊了起来。"

哈利低头凝望着池塘和绿野覆盖的山谷，那里散落着蓝绿色的白菜地和棕色的草地。"当时我的第一个念头是，"哈利说，"这个人就像一棵树，站在那里双脚像在地里生了根。"

"我也这样想！"玛莉胜利地欢呼起来。

"从前的故事里有这样的事情，"哈利大笑起来，"搞不好他真是一棵树。我问他需不需要人手，我得找口饭吃。于是当天我就留了下来，后来他整个冬天一直需要人手，他雇的那个人又走掉了。一年以后,他把这间屋子给我住,我又在山上买下了这一小块地方。"

是不是所有的好事最后都会绕到克里斯先生头上去?玛莉思索着。原来就是他给了哈利第一对山羊和第一群小鸡呀。"他从来没告诉过我们这些。"玛莉说。

"一个人做了太多的好事,就想不起来要说了。"哈利说,"做一点点的人才会整天挂在嘴边。"他还在凝望着下山的路,望着克里斯先生家的大房子。"后来我年纪大了,干不动活儿了,"他说,"可我还想留在这里住,于是我就回去拿来了自己的书和刀子。马上我就要在这山上住满二十年了,就像伟大的梭罗所说的那样:'我门口的小路已经足够我探索,为何还要去探求这世界?'"

太阳落下去了,路上行进着一列奇怪的队伍。哈利把两只山羊牵了出来,他在山羊脖子上挂了秋麒麟草和野紫菀的花环,以示"皇家队列"。两只山羊和隐士自己都背着成捆的篱桩,用来给乔做鸡舍。乔和玛莉抬着装小鸡的筐子,尽量保持平稳。即便如此,一路上小鸡们还是叽叽喳喳地从筐子眼里伸出脑袋来抱怨。

妈妈会怎么说呢?还有爸爸?玛莉正在设想着,爸爸妈妈已经听到声音走了出来。他们就站在那里,看着山下。直到这个时候,玛莉才想起来学校和乐队的事。

"乔，克里斯先生说我去上那个小学校，你不用去。你去镇上，去那个大学校，那儿有一个超大的乐队，他们有金色和红色的制服，还得过奖——还有游行表演！"

乔好似没怎么在听。哈利赶着罗莎琳德和奥黛丽进门时，他笑容满面。"哈利有话要说。"他说。

哈利说了。他站在那里，手里拿着那顶皱巴巴的旧帽子按在身前，像是要给什么了不起的女士献花。"我的父亲曾对我说，在他的国家，邻居搬来了，"他说，"人们就要带上牛奶去给他们当晚饭，鸡蛋当早饭。现在你们做了这个重大决定，要留在枫树山了，我就带来了礼物表示欢迎。"

妈妈站在那里，惊讶得说不出话来。爸爸除了"嗯，嗯，嗯"也说不出什么来了。不过山羊却欢快地咩咩叫起来，小鸡也一齐叽叽喳喳起来。

"想看我挤奶吗？"乔问。

呀！乔能把牛奶挤得准准地落进桶里去。妈妈看看爸爸，玛莉差不多能猜出妈妈的心思："你看我们要是留在乡下，乔会不会有越来越多的这种古怪的朋友？"可爸爸的眼睛一直停在乔的身上。

"哈利先生，"他忽然说道，"能留下来吃个晚饭吗？"

乔高兴坏了。可哈利却说要回家挤羊奶、喂小鸡和鹅，玛莉倒是很开心,因为她看到妈妈刚才有点儿不情愿。

乔也看到了。等哈利走了,他对妈妈说:"妈妈,等你了解了就会知道,他是全世界最好的人。"

"仅次于克里斯先生。"玛莉说。

接着她和乔同时想到了,便一齐说道:"仅次于爸爸。"说完他们俩勾了勾手指,每次说了一样的话他们都会这样。他们还许了愿。许的愿望是保密的,可玛莉从乔的眼神里就知道他的愿望是关于这个重大决定的,因为她的也是。

第十章

乔的善行
Joe Does a Good Thing

枫树山就像着了火一样，四面八方的树都是火红金黄的颜色。秋风阵阵，太阳在云朵间时隐时现，忽然照下来的阳光明亮得让玛莉几乎睁不开眼睛。每棵树似乎都在从内里沁出绝美的红色来，是那种当她举起手迎着太阳的时候看到的红彤彤的颜色。而黄色就像是金发一般闪着光，风吹过时，便把片片金色卷到了草地上。

多么美的一切！每天早晨，玛莉都在枫树山这火红和金黄的奇迹中醒来。

"这是一年中最美的时候。"她对克里斯先生说。

他摇了摇头。"太短了，玛莉，"他说，"这也意味着冬天就要来了。对我来说，春天才是最好的时候。"她觉得他的声音听着有点儿难过。在这样的世界里怎么会难过呢？

小小的校舍矗立在火红的枫叶中。老师让大家做的第一件事就是画枫叶。玛莉挺高兴，这很简单，这样她就有空去看别人都画了什么。跟一群从一年级到六年级的人一起坐在同一间教室里，她感觉怪怪的。玛莉的班上原本只有三个男生和两个女生。"这下玛莉来了，我们就打平了。"老师说，"男生们得守点儿规矩了。"

老师是珀金森小姐，胖乎乎乐呵呵的，玛莉觉得她说话的声音也很喜庆。她是玛莉见过的最忙的人了。想想吧，六个年级要学的东西她都得知道呢。每个月都有一辆流动图书馆的车开到学校操场来，司机是一个漂亮的红头发女孩，她给大家送来一堆一堆的书。

一开始乔并不怎么提起学校的事。他交朋友很慢，还想念着在城里的那群伙伴。不过两个星期后，有一天他拿着一支闪亮的小号下了校车。他一口气跑到山上，书还没放下就吹了起来。学校乐队的领队已经教过他一次了，他还有一本小册子。他吹啊吹啊吹的，直到最后妈妈说他再吹不等吃晚饭屋顶就要掀掉了。

"我们可是为了安静才到乡下来的。"爸爸说着笑了起来。乔终于停下来不吹了（停了足够吃完饭的时间），爸爸拿起小号也想吹吹看。可他的腮帮子鼓起来，脸涨得通红也没发出一点儿声音。于是乔就来教他。

乔也教了玛莉，然后又自己吹起来，直到妈妈说他必须去睡觉才停了下来。乐队的领队跟他说，要是他这就能学会的话，这个星期六就能去参加游行了。

结果他真学会了。

镇上有集市的游行表演，大家都去了。玛莉学校里的所有人都去了，住在十里八乡的人也都来了。整个郡里所有的人都到集市上来了，人人都带着自己这一年养的、种的最好的东西。这是玛莉见过的最美好的事情了——除了乡下本身。克里斯先生带着一只巨大的南瓜和一根巨大的玉米，还有一堆长到天花板那么高的玉米秆子去了展厅。克里斯太太带了玉米、桃和樱桃罐头，各种多样的果酱，以及一个大大的白蛋糕。玛莉骄傲地看到克里斯夫妇得了好多根蓝绶带，还有几根红色的放在旁边。克里斯太太还带了一大捧她种的克里桑斯美美菊花，金黄金黄的，有一个晚餐盘子那么大。克里斯先生还编了个"克丽西的克里桑斯美美菊花可真美美"的绕口令。

集市上还有摩天轮、旋转木马和各种做游戏、卖小吃的摊子。不过最有意思的还是乔也参与其中的那场游行。

玛莉从来没注意到乔原来这么帅。他戴着一顶尖尖的帽子，肩膀上披挂着彩色的绳子。天呀！看到他拿起小号来吹，玛莉担心起来。当然她没有说出口，但她担心乔吹得不好会连累整个乐队。可他的号声和其他的声音混在一起，什么也听不出来了。这些乐声鼓点声一齐响着，可真好听。乔吹着，走着，走着，吹着，一副训练有素的样子。

乔的队伍走到跟前的时候，玛莉和爸爸妈妈还有克里斯一家以及弗里兹都鼓起掌来。乔涨红了脸，不过走过他们身边后转回头做了个鬼脸，然后又吹了起来。

玛莉最喜欢的第二样事情就是集市上有好多动物。大家都带来了自家最好的牲口，最好的鸟儿，有些男孩女孩就在牲口棚旁过的夜。玛莉学校里的一个女生带了两头她自己养的小牛来，她把它们梳洗打扮得干干净净，就像要去上学的孩童一样。最后这两头小牛得了一条漂亮的蓝绶带和一条金绶带。

马拉力比赛比摩天轮还要叫人兴奋。玛莉长这么大从没见过这么高大的马。对了，还有小马驹和可爱的小奶牛，就跟之前让她有惊无险的那些奶牛一样（她跟着爸爸走进牲口棚，凑得好近好近）。她还看到了好大好大的鹅和鸭子，还有长相奇怪的小鸡，头上长着冠子，脚上也有肉赘。

还有兔子，猪什么的。爸爸不停地说："丽丽，我们还远远算不上是农民啊，是不是？"

克里斯先生说集市上最叫人羡慕的活儿就是做品尝那些蛋糕、派饼、面包片和曲奇饼的评委了。可克里斯太太说，最好的还是体育馆那边的花卉展，那简直就是一个巨大的室内花园。

整个集市就开在乔的学校里，游行结束以后他来跟大家会合，那副神气的样子就好像这一切都是他自己的一样。

玛莉听到妈妈对爸爸说："谢天谢地，乔在学校还挺开心的。"

开头的几个星期，每当玛莉说起自己的学校，乔就表现出一副优越感十足的样子，可她不在乎。明年她就能和他一起坐上大大的黄色校车了。而现在，就是拿全世界的老师和全世界的小号来，她也舍不得换那快活的珀金森小姐和红头发的送书女孩。就这么着！

再说，还有玛吉呢。

玛吉就住在路那头三英里远的地方，很快她们俩就成了好朋友。她们的名字就像双胞胎一样，她们觉得这标志着她俩的关系很特别！集市之后的第一个星期六，她们在山上做了一个树叶屋，里面有一个红色房间和一个黄色房间，还堆了许多树叶做椅子、小书桌和桌子。树叶一天比一天落得多了，一些树木凋零得只剩下枝丫，伸着枯黄的枝子。路边的那些树竟结出了黑核桃，这真叫人惊奇。她们给妈妈敲碎了几个，很快，妈妈就端出新鲜出炉的曲奇饼干和牛奶过来了。

第二个星期六，她们在玛吉家那边的一块平坦的草坪上做了另一个树叶屋，玛吉的妈妈给她们做了巧克力蛋糕。

再下一个星期六就是玛吉的生日派对了。玛莉送给她一个友谊戒指，这是妈妈给她出的主意。于是下一周玛吉上学时也给玛莉带了一个友谊戒指，她们俩决定做一辈子的最好的朋友。

玛吉可不止有一个哥哥，她有三个。十月的一天，他们一起去采蘑菇。克里斯先生说，等他们采回来后要给他检查一下，才能送到镇上去给那个开饭馆的男人拿高压锅煮好了罐装起来。要是搞不清楚的话，蘑菇可是非常危险的东西。有一种叫"毁灭天使"的，人要是吃下去没几天就会死翘翘，还有一种就叫"死亡杯"。不过在上次那些奶牛去过的草场那里，也有许多小小的可爱又美味的蘑菇。找这些小蘑菇就像在玩躲猫猫游戏，或者不如说是"找纽扣"游戏吧。有些蘑菇只露出来一点点，白白的很可爱，下面还泛着一点儿粉色，就像是小伞的尖尖。每只蘑菇都有自己的形状，就像人一样。每当玛莉捡起一只，她都希望自己能发现童话里的那个小小的拇指姑娘坐在下面。

乔说得没错，他在这里采几天蘑菇所赚的钱比在匹兹堡送一个星期报纸赚的还要多。不过蘑菇一年也就只有几天可采。妈妈做了蘑菇煎蛋，他们还吃了蘑菇配牛排和蘑菇配鸡块。有一天早上，听到乔说再也找不到蘑菇了的时候，玛莉才总算松了口气。

那可爱的落叶也没有持续太久，树木变得越来越光秃秃的了。树上露出鸟窝来，玛莉从没想到那里还有鸟窝。十月份的时候，有天夜里上冻了。爸爸开始每天晚上都要给西红柿盖上东西了。在清冽的白天偶尔还能摘到几个西红柿，可是夜晚把所有的东西都冻得，用爸爸的话说，像黑桃A一样黑。整个花园一片凋敝，妈妈的百日菊也就那么又黄又枯的悲伤地站在那里，像摇曳在风中的稻草。

爸爸似乎不那么在意花园了，因为打猎的季节就要来到。以前他总要走很远去打猎，现在他说可以随便打着玩了。

玛莉讨厌打猎的季节，但她没有跟爸爸说，也没有跟乔说。她讨厌回家看到成堆的鲜亮的野鸡毛和瘦长的死鸟儿——虽然到了吃晚饭的时候她就忘记了，一个劲儿地吃啊吃的。有那么一段时间，男人们张口闭口就是打猎，怎么到了这里，又怎么到了那里，打到了什么又漏掉了什么，狗又是如何表现的。每天早上，窗外早早地就会响起枫树山上的猎枪声。

接着就下雪了。

第一片慵懒的雪花是在十一月的一天玛莉放学回家的路上飘下来的，一碰到地面就消失了。但是越来越多的雪落了下来，晚上从窗户望出去，地上已积了薄薄的一层。

到了早上，整个枫树山都变了个样儿。起先是棕色，玛莉想，然后是绿色，然后是金色和黄色，现在又是白色。要是让她来选，该选哪个好呢？她疑惑着。

她去问爸爸妈妈和乔会选哪个。

乔觉得这是个傻问题，因为根本就不用选。然而爸爸说他选绿色，因为他有个好菜园子。妈妈选红色和黄色。

"玛莉，那你选哪个呢？"爸爸问。

枫树山的奇迹

玛莉望着窗外，外面是一个童话世界。所有的枝条都变成了花边，树被白雪压弯了腰。忽然，窗边的灌木丛里飞出一只鲜亮的红色鸟儿，朝她看着。是红雀！也许就是爱跟克里斯先生说话的那一只。他曾告诉她，在外面放点儿食物，一整个冬天就都会有鸟儿来。就在这一刻，这简直是最美好的奇迹。

"我选现在！"她说。

到了下午，她就知道自己选对了。克里斯先生坐着雪橇来了，后面还多带了一匹马。她和乔从谷仓里把那架旧雪橇拖了出来，还在马具房里找到了铃铛。他们坐着雪橇去了好多地方，就像那首老歌《铃儿响叮当》里唱的那样，叮叮当当地在雪地里跑着。

要是有人弄不清楚现在是几月了，学校里的橱窗会告诉他。里面彩色的树叶都被拿下来，换上了南瓜脸。大大的火鸡被刻出来挂上，用蜡笔涂上了颜色，黑色、棕色和鲜红色。

"我真希望一年到头都这么喜庆。"玛吉说。

玛莉也这么想。除了假期、礼物和其他的一切，她好像还有了三棵小树，因为她帮着布置了三棵——一棵是他们自己家的，一棵是学校的，还有一棵是克里斯先生家的。妈妈把旧的装饰物拿过来了，打开它们的过程有意思极了。除了那些花里胡哨的东西，还有一些特别的装饰可以做。比如就这么走到门外去，捡一些各种大小的梧桐果子和松果回来，涂上闪粉，用彩绳挂在树上。

妈妈说买东西从来没有这么爽过，只要到镇上去，有什么买什么就好了，不用再一家店一家店地找。她和克里斯太太出去了一整天，晚饭后才回家。玛莉听到她对爸爸说："没有人挤人的电梯！没有假铃铛！也没有管风琴震天响地在公共汽车和电车上吹着《平安夜》！"

爸爸大笑起来。"丽丽，你可是个在城里长大的女孩呀。"他说。

妈妈奔向爸爸，坐在他身上大笑着。玛莉高兴极了，就像节日已经来了一样。她知道今年这个节日一定会热热闹闹的。

"乔呢？"妈妈问，"他可以帮我把东西都从车上拿下来，就是要小心点儿，别弄破了包装。"

可是乔不在家。他不在屋子里，不在谷仓，也不在鸡舍，哪里都没有。爸爸记得听到他晚饭后把靴子拿了出来，妈妈说："那你怎么不问问他要去哪里？外面又开始下雪了。"

"现在是节日期间，"爸爸说，"要允许大家有点儿自己的小秘密。节前起码两周之内，大家都不能问别人要去哪里。"

这话倒是真的。可是天越来越黑,雪越下越急了,妈妈不停地朝窗外的路上望去。"他带手电筒了吗?"她问,"这种天气不该出门的。说起来,你觉得他会不会是去克里斯家了,是我路过的时候没注意?"

她打了电话。可乔不在那里,没人看见他。

越来越晚了,已经到了玛莉该上床的时间,可没有人提这茬。爸爸说:"玛莉,他有时候是不是会跟玛吉的哥哥一起玩?会不会在玛吉家?"

于是玛莉打电话去玛吉家,可是乔也不在那里。

"我还是出去找找吧。"爸爸说。

"去哪里找呢?就沿着路找?"妈妈说。

"不管他要干什么,都不该这样一声不吭的!"爸爸说,"大冬天的,在这里不该瞎转悠,他应该知道。"爸爸的声音听起来有点儿恼火,他戴上手套穿上靴子,又围了一条围巾。

"尤其是又开始下雪了。"妈妈说着靠在窗户边。可外面漆黑一片,什么也看不见,雪花扫在窗格上,发出簌簌的声音。

玛莉把脸贴在冰凉的窗格上,朝外面望去,心怦怦直跳。乔对这些路都熟得很,她想,可是下了雪就不一样了。克里斯先生说过，有时候雪积得太深，把围栏整个都给埋了，就什么路都看不到了。窗格上凝结了雾气，她什么都看不到了，除了自己的倒影。这样看着就像她是坐在外面的一个小小的雪房间里。

"戴尔，已经九点多了。"妈妈说。

"我还以为乔心里有数呢。唉，真没想到，我以为他就出去一下，去看看山羊什么的。"爸爸说得好像妈妈在为什么无心之过而怪他一样。"我得为这事好好把乔揍一顿。"他说。

好多天以来，这屋子里都充溢着节日已然到来的欢乐气氛，有温暖而美好的味道，还有亮闪闪的装饰树。眼下这一切忽然全都消失了。

"还好车上装了防滑链。"爸爸说，"我先去克里斯家那边，一路上我都会按喇叭的，要是乔听见了就会答应。也许他是迷路了。"

爸爸出去了，刚发动车子，电话就响了。妈妈一边跑着去接电话，一边说："玛莉，叫爸爸等一下——"

玛莉没来得及穿上靴子就跑到了外面。于是爸爸就坐在那儿等着，马达响着，雪白的车身灯光闪亮。玛莉跑回去时，妈妈已经到门廊上来了。

"戴尔，是克里斯打来的。他和弗里兹要开货车过来，跟你一起出去,他们说,今晚这个样子我们家的小车是开不出去的。"

于是爸爸又回来站在门口等着,靴子下面积起一摊水洼。

"爸爸,也带我去吧?"玛莉问道,"妈妈——"

"不行!"他们俩异口同声地说道。她知道再怎么求也没用。"喂,瞧你的鞋子,都湿透了。"妈妈说,"玛莉,马上把鞋子脱下来。"

玛莉知道,在这种情况下只能赶紧遵命。她脱鞋子、袜子的时候,货车开来了。她跑到窗边看着爸爸走出去,车掉了个头开走了。小货车一边朝山下开,一边不时地按几下喇叭。除此之外,就只有雪花扑簌在窗上的声音。

妈妈忽然说道:"我去做点儿热可可。等乔回来的时候肯定冻坏了,他喜欢喝热可可。玛莉,穿上拖鞋。"

谢天谢地她没说"上床去",而是做了玛莉喝过的最好喝的热可可。妈妈还跑出去从车上拿下一包棉花糖,那是她原本打算把坚果、巧克力裹在里面做节日糖果的。玛莉喝了一大杯热可可,上面放了两粒慢慢化开的好大的棉花糖。妈妈还做了吐司,切成三角形,放了好多黄油,足够乔和爸爸还有克里斯、弗里兹吃了。她不停地做着,好像他们走得越久肚子肯定就会越饿一样。

"这么不停地看着窗外也挺傻的,"妈妈说,"我们来读点儿什么吧!"她说着却又朝窗外看了一眼,"乔怎么会做这样的事情!玛莉,你就想不出来有什么地方——"

就在这时,想着乔在寒冷的外面,而她却穿着温暖的袍子和拖鞋坐在家里喝着泡沫可可,玛莉忽然就知道了。这真是太奇怪了,忽然她就知道乔做什么去了。那天早上他们一起朝校车站走去时,乔说过这样的话:"这里就只有哈利没有节日过了,"他说,"我要去看看他。"

她怎么到现在才想起来!

"妈妈,我想他是去哈利家了。"她说。

"去哈利家?玛莉,这种天气大晚上的他去哈利家干什么?"

玛莉把乔的话告诉妈妈。最近他一直在忙着学校还有过节的事,把哈利给忘了。可是学校里有个老师说了:"过节的时候要想起那些孤单的人。对于那些孤零零的一个人住的人来说,节日更让人悲伤。"

"哦,这么说,他肯定是去那里了。"妈妈说。

她看上去轻松了不少,虽然又朝窗外看过去,这下她是在看车什么时候回来。"哈利的小屋子大概还挺好挺暖和的,"她说,"可是乔怎么不在天黑之前回来呢?雪下成这样,他应该知道我们有多担心。"

"肯定有什么原因。"玛莉说着,不断地搅动着杯面漂浮的棉花糖。

"他们回来了!"妈妈看着窗子说道。

车一路颠簸咆哮着开上山来,还没停稳,妈妈就跑到门廊上,喊着:"找到乔了吗?"

没有。他们跺着脚进来了,妈妈让他们说说都去了哪里。他们把周围所有的路都跑遍了,再往远处走没意义,乔不可能走那么远。他们把每一户农家都问过了。

于是妈妈问道:"你们去哈利那里了吗?"

"咦,没有去。"克里斯先生惊讶地说道,"乔知道哈利不在那里呀,不是吗?冬天一来,到这种时候哈利就会去伊利湖那边的老朋友之家。路那边的查德威克帮他看着羊群,直到来年春天。哈利前两天就把羊都赶过去了。"

"你去了那里没有呀?"妈妈问道,她把乔的话告诉他们。

于是货车又出发了。他们看上去松了一口气,听起来也是。克里斯先生说,哈利从来不锁门,乔应该能进屋去生上一堆火,这种天气在路上还看不到哈利家的那盏老油灯的亮光。他话还没说完,声音就被车子的咆哮声淹没了,车子又一次冒着大雪出发了。

希望如此,希望他在那里。上天呀,求你了,求你让乔在哈利家吧。玛莉轻声说着,不让妈妈听见。可是妈妈似乎也在自言自语着什么。屋里一片寂静,除了炉火时不时地毕剥两声,还有雪花打落在窗棂上的声音。

过了一会儿,妈妈说:"我一直在想,他看到哈利不在那儿,为什么不马上回来呢?他怎么不试着回来呢?要是他卡在半道上,他们会找到他的……"

担忧像一团迷雾一样盘旋在那里。

时钟嘀嗒地走着,玛莉从不记得它走得这么慢过。九点三十,九点三十五,九点四十,九点四十五,最后敲响了十点。此刻,妈妈坐到了椅子的边缘,钟声还没敲完,电话响了。

妈妈纵身跑了过去,她连"喂"都没有说,就问道:"怎么样?怎么样?"

是爸爸。玛莉能听到他的声音,她听到爸爸说了好几遍"没事"。她发现自己又开始大口地呼吸了,才知道刚才这么等着的时候,自己一直在憋着气。

"谢天谢地!"妈妈说,"可你们在哪里呢?"

玛莉听不清回答,她觉得他们就要这么一直说下去了。妈妈说着:"哦,老天爷啊……想想看……太可怕了,戴尔!是的——好,我知道了,好的,我看你最好……"

玛莉觉得自己整个人都要爆炸了,她摇晃着妈妈的胳膊。"妈妈,他在哪里?爸爸找到乔了吗?找到了吗?"

"嘘,玛莉……找到了找到了,他们找到乔了,没事……"妈妈又对着电话说道,"真是太好了!一个小时,哦,好的,那我叫玛莉上床去了。"

最后她终于挂上了电话。

"妈妈,爸爸说了什么呀?"玛莉喊道。妈妈俯下身子,抱起她,紧紧地搂在怀里,笑了起来。

"玛莉,乔做了一件了不起的事。"她说,"你说对了,他是去了哈利家。他说本打算去去就回的,可是等他到了那里,什么人也没看见,但是后门大开着。他进去了,可是没有人,他叫了哈利也没人答应。然后他又走出来,沿着去冷藏室的路过去了。"妈妈抬手擦了擦眼睛。

"我知道那里。"玛莉说。

"好像哈利临出门的时候,去冷藏室那边拿奶酪,结果在冰上滑了一跤,摔到腿了。克里斯说,要不是乔今天刚好去那里,哈利就要冻死了。想想看……"妈妈的眼里又涌满了泪水,不过这一回她任由它们淌了出来,"玛莉,乔把老人家从台阶上弄回了屋子,让他躺在床上,给他生了一堆火,还煮了一点儿热牛奶!"她说。

玛莉睁着眼睛躺在床上,想着这件事。我这次怎么没和乔一道去呢？我什么事都能帮上。乔把哈利安顿在床上时，我本可以帮着生火，热牛奶。这样妈妈就会说："玛莉和乔做了一件了不起的事情……"

不过她也就只有那么一点点嫉妒乔做了英雄，她心里更多的是骄傲，骄傲得不得了。听到车回来，乔和爸爸进门的声音时，她再也躺不住了，冲下了楼梯。没有人骂她，他们还让她坐在炉火边，听着乔把事情又讲了一遍。他啜着热可可，不停地说啊说，很神气的样子。可话又说回来，换了谁能不这样呢？

哈利现在在克里斯家，和弗里兹在一起，那里有沙发和一个舒适的火炉。

最后大家一起上楼。乔站在房门口，一副不愿意就这么结束的样子，虽然他已经很累了——就好像节日晚上撑着不睡觉，或者七月四号看着最后一点儿烟火熄灭时的样子。

"乔，这可真是件大好事！"玛莉说。

第二天早上发生的事却有点儿奇怪。玛莉下楼的时候，听到妈妈在说："哦，不，乔，他太脏了！还有那股难闻的味儿——"

"我不在乎，他可以睡我房间，我睡沙发。"乔说。

"乔，他肯定别的地方可以去，在那儿他的腿还能得到更好的照料。"

"我就想他留在这里。"乔说。

妈妈看着爸爸,爸爸用力地打开炉门,塞了一点儿煤炭进去。"丽丽,现在是过节,"他说,"既然乔觉得在过节时应该做这样的事,那我看他或许是对的。"

"我照顾他,你们不用做任何事。"乔说,"我可以把他的饭拿上去,他也可以下来看一眼装饰什么的。我们可以帮助他上下楼,玛莉和我。"

"说真的!"妈妈绝望地说,"戴尔,他那么过日子,身上肯定还有臭虫什么的。"

爸爸站在那里看着她,他的眼睛通红,脸却发白了。周围的空气凝成一团,就好像演员站在舞台上,灯光聚焦在他身上那样,大家都在等着他开口。"丽丽,我们在牢里的时候也有臭虫,"爸爸说,"我出来时身上都是,但回家之前弄干净了。牢里有些人一直互相帮助,有些人从来只想着自己。我以前都不知道人和人可以有这么大的不同。而现在,乔——"他转过身去看着乔,玛莉从没见过他脸上那种骄傲至极的神情,"现在,我知道乔会是那样的好人,我现在知道了。"

玛莉从没见妈妈这样崩溃这样委屈过。就是以前爸爸一直发脾气、总说很累的时候,就是他刚回家又瘦又伤心的时候，也没有。

"好吧，哈利当然可以来。"妈妈说，她说得很慢，却异常坚定，"我去打电话跟克丽西说一声。"她走到电话旁，摇响了铃，等在那里，眼睛盯着地板，听着电话那头的动静。爸爸站着没动，乔坐在那里看着盘子里的鸡蛋。厨房里一片寂静，窗外太阳照耀在明亮的新雪上。

就跟昨晚一样，只能听到电话这边妈妈的话。"克丽西，乔想要哈利来我们家过节，请转告他。是的，乔非要——告诉他我们大家都欢迎他。我们大家，是的，我也欢迎。是的——请转告他。"

妈妈挂上了电话。

爸爸走过去，老套地吻了吻妈妈。"节日快乐，丽丽。"他说。

玛莉又觉得浑身轻松有劲，说不出来的快活了。今天还只不过是节日前的周五，却好像已经跑到了日历的前头，到了节日那天了。

第十一章

回到开头
The Beginning Again

克里斯先生说,过完节和春天之间是一年中最漫长的日子。没错,玛莉心想,就这么一天天地上着学,看着雪下了又融化,融化了又落下。路上全是冰,路旁的积雪堆得都跟车子差不多高了。过完节日哈利就走了,节日的新礼物也变成了平常的东西,和那些一直都有的东西一样被随手放在各处。

当然了,学校里的圣瓦伦丁节还是挺有意思的,窗玻璃用红的、白的桃心和彩带装饰得格外明亮。接着来了一场暴风雪,克里斯先生说这是本地有史以来最大的一次。校车整整隔了四天没来,风声就像是收音机里的恐怖故事那样绕着屋子盘旋。玛莉躺在床上打了个寒战,被子一直拉到眼睛下方。

圣瓦伦丁节之后一个星期,太阳忽然出来了。一片金光四射,雪开始消融下去。围栏又渐渐冒出头,乔每天都在数着又能多看见几根柱子了。山南边棕色的地面也露了出来,树又露出光溜溜的身子,只在背阴的枝丫上还积着一两团白雪。

接着奇迹就发生了。

那天玛莉放学回家时,看到妈妈走到路上来迎她。妈妈挥着手,老远就在叫嚷着什么话,玛莉听不太清楚。不过紧跟着她就听见了:

"玛莉,克里斯先生叫我告诉你,树液出来了!又到枫糖季了!"

树液出来了!

又到枫糖季了!

"我们什么时候过去?现在吗?"玛莉叫道。

"弗里兹来找你爸爸了,我要带你和乔过去。那边需要人手挂桶。"妈妈的脸蛋红扑扑的,瞧着也很兴奋,"穿上你最旧的衣服——"玛莉已经转身去了。"别忘了穿靴子,还有手套。桶凉得很。"

眼下这山显得多么熟悉!玛莉认识他们走进的那条

小路,每一条车辙都像是老朋友的面孔一样熟悉。一年前,她就那么一个人走进这里,带着对一切的问号,在那里,就在木头堆那里,她找到了克里斯先生。如今那里又堆了一堆新的木头,快和那小小的棕色房子差不多高了。

眼下火还没生起来。蒸馏器组装好了,刷洗干净的长锅子吊在火槽上方。玛莉眼前浮现出树液流淌的样子,起先细细的像是水流,然后流进下一个锅里,颜色深了一点儿,然后是下一个,又深了一点儿。越来越深,最后不再是树液,而是糖浆了。纯正的、向上天发誓绝不掺假的克里斯氏头道糖浆就来了。她激动得双手颤抖起来,不知道自己能帮上什么忙。爸爸正忙着把小桶从坡屋里拿到车上去,它们已经在里面倒扣着堆了一个冬天了。

这就好比看见了一切的开始,最最最开始的时候。她的眼睛从枫树林这边移开,看着地上一块块的白雪,和树下堆积着的枯叶。惊喜固然很好,可是知道有奇迹会发生却更有意思。今年她知道了。她知道春天的美将从哪儿开始,她知道地钱会在哪里把大地染成蓝、淡紫和粉红色。她知道延龄草会在哪里抽条,这里摇曳着枝叶,那里舒展着花朵。她知道血根草的节日蜡烛小白花会在哪里盛开。

有这么多事物又要开始了！她知道树上会长出嫩绿的叶子，知道盛开的花朵会将溪边的枫树变成火红的一片。她知道雪融化之后会奔流到哪里，形成只有春天才有的瀑布。她仰着脸，对着太阳大笑，凛冽的空气里已经荡漾起了春色。

树丛间忽然传出嗡嗡的声音。是什么呢？不会已经来了一群蝉了吧？克里斯先生大笑着叫她赶快带着那些桶过去，他的声音一直从山顶上传下来。

嗡嗡的声音是弗里兹那边发出来的。他带着一个叫手摇曲柄钻的东西，此刻他正和克里斯先生从一棵树挪到另一棵树，用这个东西钻眼。他们把那个叫木插子的东西敲进洞眼里，每一个木插子顶端都有一个小钩子，乔和玛莉要把小桶一个个地挂上去，再给它们一个个盖好小尖帽子。

每一个洞都要打在跟以前不一样的地方，旧的洞已像针眼一般愈合了。玛莉在每棵树，尤其是那些老树身上，都发现了好多以前的洞眼。克里斯先生说这个一点儿都不要紧。"就跟你小时候跌倒后的那点儿小伤口一样，不打紧。"他说。

树液来得好快，他们还没来得及把桶都挂上去，尖嘴那里就开始滴答了。一时间，树液一起扑噜扑噜地落到空空的锡桶里。

"照这个速度明天早上就满了。"弗里兹说,"克里斯,你觉得会冻起来吗?"

"不会的,这次的第一轮最棒了,我能闻得出来。"

跟在他们身后听着他们聊糖汁可真有趣。

"这么早就来一轮真是好啊。气温得有四摄氏度才能出液,有好几个寒冷的年头我们都没开过这边的树林,还好今年不是,谢天谢地。我们正急等着用钱。那些年头只能冷冰冰地等着等着,后来就要种燕麦了。"克里斯先生在树丛里跟爸爸妈妈说着话,声音嗡嗡地传了过来,"种上地就没时间收糖了。早种早收麦,迟种只收糠。"

这真是玛莉最喜欢的克里斯先生的样子了——除了水蒸气氤氲成白色的一团在小小的天花板那里,他往火里添着木头坐着说话的时候;除了当他带着一脸的谨慎从最后一只盘子里舀起一勺糖浆让它缓缓、缓缓地流下勺子,看看好了没有的时候。当他做这一切时,玛莉就知道自己又要屏住呼吸了。

扑噜!扑噜!她一棵树一棵树地挂着小桶,树液在她身后滴落着。手很快就冻得冰冷,可是玛莉不在乎。

"头一次在这片树林里煮糖浆时,我爸爸除了一把铁壶什么都没有,比印第安人好不了多少——是他们教我

161

祖父做这个的。戴尔你瞧,就在这块地上。后来我们有了一排半打的壶,每一个下面都生了火。烧开了之后我们就从一个壶里倒入另一个壶里。要快,不然壶口的糖就烧焦了!就吊在一根大杆子上,可以很快地在火上换来换去。"

"也许我在枫树山上也该这么来一把,"爸爸说,"再没有比从头开始更好了。"

"不,我们这边一弄完就去弄你们那边的。可以同时弄,盯着点儿就行,对吧?树液一装满就拉过来吧。"

乔说:"克里斯先生,也许我们自己也可以弄一块地方,用老办法去做。哈利说糖浆里要是掺杂了小树叶和树皮,味道就没有以前好了。"

"还有蜘蛛,"克里斯先生说,"哎,是的,哈利说得对——我们都是挑剔的人。我们收好了树液要滤一遍,然后倒进蒸馏器也要滤一遍,熬好了从火上拿下来还要再过滤一遍。"

夜色很快降临,却只挂好了五百只桶。不过感谢老天,玛莉想道,还好明天是星期六,一整天都可以在明媚的日光下干活儿。克里斯先生说,看这火红的落日就知道明天会是个好天气。

克里斯先生一边慢慢地朝家那边走,一边说道:"玛莉，以前每到枫糖季我爸爸就给我念首诗。他说念着这首诗我就不会尝糖浆尝过了头。也许我应该把这首诗念给你和乔。是这样的——

> 我的小小欢乐来了，
> 　一年一度我的脸儿甜了！
> 可没有付出就只有大哭，
> 　尝上一口让他叫苦！
> 伊夫要不是喝太多，
> 　肚子怎会这么鼓。
> 好了我也说实话吧，
> 　我也没少尝偷嘴的苦！"

也许这是个好建议，可是玛莉知道自己已经等不及要尝第一口味道了。

第二天早上妈妈很早就来叫她起床，早到房间里还是漆黑一片。玛莉困极了，强打精神，拿出衣服，把手脚伸了进去。可在楼上都能闻到下面传来煎培根的味道。等她跌跌撞撞走下去时，厨房里已是亮堂堂的笑声一片了。弗里兹已经过来了，要帮他们打树洞。

"小瞌睡虫！"乔叫着，挥着一块冰冷的抹布跟在她后头。玛莉尖叫着逃开，心里却并不以为意。冰冷的水泼溅在她的脸上，她觉得自己彻底醒了过来。

屋子外面一片春天的味道。

"今天刮的是东风。"弗里兹说着吸了吸鼻子，老狗托尼在他的脚边也这么吸了一下，"北风一来，这一轮树液就会停，但克里斯说南风会把它们再吹回来。"

终于走到克里斯家的枫树林那边时，玛莉等不及要去看看桶里的情况。她揭开了离自己最近的一顶小尖帽子，里头几乎装满了。树液像泉水一样清澈明亮，她伸出一根手指蘸了一点儿尝了尝，味道不是很甜，是一种淡淡的甜，像是模模糊糊看不清楚或听不真切的那种感觉。也几乎没有颜色——也许有点儿吧！在它的明亮中或许有一抹黄色？她朝里面瞅了一眼，觉得自己肯定看到了一点儿黄色，她知道是有的。

不到一个钟头，树林里又满是蒸汽了。木头的烟火气萦绕着山头，萦绕在树木间。接着传来了第一缕甜味……是这个吗？

这就开始了。玛莉想着，像克里斯先生说的那样，糖浆就是春天。它是枫树的心脏和血液，它有着树叶的金黄和树干的棕褐，有着阳光的闪亮和白雪的柔融，它就这么涌动着涌动着，带来明亮新鲜的空气和崭新的土地。

她觉得手臂健壮有力起来,内心无比轻盈。

"今晚迟点儿时候就要煮上了。"克里斯先生说。

"我们还跟去年一样过来,"爸爸答道,"这一次我们也能帮上点儿忙了。"从爸爸的声音里,从他说的这些话里,玛莉知道他也有和她一样崭新的感受。从乔的脸上,她也看到了一样的神色。

在这样的一天里,简直难以相信这一切的美好和细微感觉会如此之快地变化和消逝。那天晚上,大家又坐在一起,爸爸又唱起了狐狸的歌,炉火烧着,奶油的奇迹又重现了,谁也没想到这一切会变得这么快。这一次克里斯先生还让玛莉表演了那个奇迹,她觉得自己就像一个拿着仙女棒的王后,就这样让那些高高涌起的泡泡规规矩矩地退下了。

可是第二天早上,她在天亮之前忽地醒了。弗里兹已经到了楼下,她听见他和爸爸说话了。爸爸还穿着睡裤,站在楼梯上。

"克丽西过来叫醒了我,大概是两点钟的时候。昨晚他忙过头了——煮那头道糖浆煮的。要是他没什么事的话,我尽量中午赶回来。要是你能帮着收集一下——当然了,今天是星期天……"

要是他没什么事？谁？

玛莉的心往下一沉。弗里兹已冲到了外面，她听到了汽车咆哮着发动的声音。她走出房门的时候，看到乔站在走廊里，还有妈妈，她还穿着睡袍。爸爸说："丽丽，他说克里斯醒来就全身发麻，他想要站，没能站起来。他们叫救护车来了，克丽西打电话给医生，医生说——"

玛莉一屁股坐在地板上。周围的一切都变得丑陋可怕，天旋地转了起来。这是什么春天？这是什么事啊？

第十二章

再也不吃鸡腿了？
No More Drumsticks?

"你看我们能行吗？"爸爸问。

妈妈的反应就像在说爸爸怎么还能问出这么蠢的问题。"该做的事就得做，"她说，"克里斯需要这一茬的收成，我们就给他收上来。弗里兹知道怎么弄，我们去帮忙就行。"

"以往总是克里斯做关键的环节，他来收尾。"爸爸说。

"嗯，可眼下他病了。"妈妈说着，声音显得有点儿不耐烦，不过玛莉知道这只是因为妈妈太担心了，"这回他就更需要收这茬糖浆的钱了，树液就在那里，木柴也砍好了，去看看能帮得上什么就帮什么吧！"

玛莉抬起头来,绷紧双臂的肌肉。乔也一副下定决心的样子,这让他看起来显得更老成,好像已经是个大人了。"我们当然可以了。"他说。

"会很辛苦的。"爸爸警告道,他看着他俩,先看看玛莉,再看看乔,"开了头就得负责到底,明白吗?"

乔低头看着盘子,玛莉也是。通常来说他们俩都不喜欢干累活儿,天知道,有时他们还找出各种办法能躲就躲。不过那是指洗盘子、砍木头之类的活儿,不是收糖浆!

"我们可以照弗里兹说的去做,把这第一轮的糖浆弄好。"爸爸说,"或者就按克里斯自己经常做的那个办法来。妈妈说过了,他需要钱,而他的钱就指望在这上面了。还有——还有——"他也看着自己的盘子,"我们这样做会让他高兴点儿的。"

都没有一个人去想明天学校就要开学的事。

他们先聚集在自家山头,这里有不到五十棵枫树。可是等到把所有的桶都从尖嘴上取下来,打开盖子把树液都倒进采集桶里再把盖子盖回去之后,玛莉的胳膊已经酸得很了。他们又朝克里斯家的那一大片林子走去。玛莉不知道那里到底有多大,只看到那些挂满了桶的树不断地向前延伸、延伸。里面的山路陡峭而泥泞,拖拉

Miracles on Maple Hill

机进不去，爸爸只得赶着马拉着平板车，拖着那只巨大的采集桶。玛莉从来都不知道除了弗里兹凿洞的那片树林，在田野的那边、克里斯家的上头，幽深树林的尽处竟然还有一片枫树林。一共有一千四百多只桶。

很快她的胳膊就麻木了。开头她还戴着手套，可是溅了树液，手套又湿又冷，她就给脱了。一开头，她也不大乐意浪费一两滴珍贵的树液，可紧接着她就意识到泼洒那么一点儿没多大关系。她的衣服前襟全湿透了，妈妈说她简直是被春天给浸透了。可妈妈也被春天给浸透了。还有爸爸，乔。妈妈太累了，她提出去看看火。起先是爸爸时不时地回去看看火烧得怎么样。

哎呀老天，看见弗里兹来了可真叫人松了口气。

"他怎么样了？"妈妈问。玛莉也想问，可她一想到克里斯先生生病的事，喉咙里就像被什么东西给堵住了。

不用等他回答，从弗里兹的脸上就可以知道他有多难过。玛莉觉得全身都变得又沉又冷。

"他在好转吧，我想。毕竟他还在。"弗里兹说。他说着那些老一套的话，他说"照预期进行中"。

听到"在"这个字，玛莉飞快地跑进了树丛里。这句话的意思，不是说克里斯先生现在就在这片他所属的蓝天白云枫树下，只是说他还在这个世上。可眼下就这一点儿也足够了。

大家又都回去干活儿，到两点钟，树液收集完了。弗里兹坚持让他们回去休息一会儿，他可以在这里看着作坊里的火。可爸爸说："不，我还是留下吧。"他说他这次可以在这里睡觉，弗里兹得休息休息了，不然明天就不顶事了。树液还在不断地流出，缓慢地、平稳地滴落，桶很快又要装满了。

玛莉还从来没有这么想去吃晚饭，这么想去洗热水澡，这么想去睡觉。她都不记得脑袋是什么时候落在枕头上的。忽然妈妈就又来叫她了，天又亮了。

"该走了。"妈妈说。

玛莉的背带裤前面还是硬硬的一片，可好歹算是干了。培根的味道香极了，她跟跟跄跄地朝着那充斥着香味和温暖的厨房走去，弗里兹已经在那里吃早饭了。他要去接爸爸，然后再一起出去，又那么来一圈。

"这让我想起了过去听过的那些故事，"弗里兹说，"从前大家比现在更懂得互相帮助。要是邻里有谁家的谷仓烧了，嗨，大家就一起过去帮忙，不到一个星期那家就能有个新谷仓了，还装着满满的干草。"

"应该这样。"妈妈说。

玛莉急切地想问他克里斯先生现在怎么样了，可是

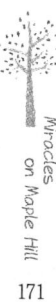

就像昨天一样,她喉咙又堵住了问不出来。她知道要是没有危险了克丽西会回来的,可在那之前她是不会回来的。就是说,只要弗里兹还到这里来吃饭——

不过就在他走之前,她终于问出了口。"弗里兹,你知道——克丽西有没有打电话回来说什么吗?"她看到乔也抬起了眼睛,听着,屋子里一下静了下来,就连妈妈也停下洗碗的动作站在那里听着。

"嗯,她打了个电话。"弗里兹说,"医生说他比昨天要好一点儿,不过还要再过一两天才能确定到底怎么样。"他说话的时候低下了头,不停地旋着手上的帽子,"大家老是说克里斯心大,总是为别人着想——唉,他这回就是心脏有点儿大,知道不?就是有点儿肿起来了——"

他迅速地转身走了出去。没有人说话。妈妈开始涮水壶底部沉积的糊糊,刷刷的声音在屋子里显得格外响。玛莉忽然再也忍不住,扑倒在桌子上哭了起来。声音不大,只是一直哭着哭着,就像是树液滴落到桶里那样。

"哭有什么用?"乔说着忽然气得不得了,"你怎么总是这样!"

她抬起头来,看到乔正瞪着自己。"你一点儿都不关心。"她喊道,"你最自私了——"

妈妈说:"好了,好了……"

但是乔从桌子那边探过身子来望着她,简直像要把她给生吞活剥了。"我不会把时间浪费在哭上面。"他说,"我在帮克里斯先生干活儿,瞧见没?有那么多事情要做,除了想办法把事做完外,想别的有什么用呢?昨晚我和爸爸聊过了,他说担心也没有用,担心能帮得了克里斯先生吗?我们所能做的就是干活儿。"

他说得对。玛莉又坐直了身子,从口袋里掏出手帕。不一会儿,她又吃起了东西。

爸爸回来了,跟大家说了一下在作坊里过夜的情形。他和克里斯的几只老鼠混熟了,他还说:"天刚一亮,你们猜谁来看我了?四只小鹿,它们都在敲门了。"他看上去很累,却不是以前那种累。一点儿都不是,而是一种很好的累,满是柔软,没有冷峻和尖刻。

这一天就这样又开始了。看到鲜艳的黄色校车开过路边的时候,他们已经干了两个小时活儿了。

"乔,今天还要上学!"玛莉说。

乔大笑起来。"我们俩是去不成了。"他说。

平板车在环绕着树林的崎岖小路上拖来拖去,玛莉已经知道路线了。多年来这里已经形成了固定的路线,这也让收集工作变得容易了些。弗里兹会将车开过来停下,然后他和玛莉还有乔就从车上拿下几只大桶,分头走向固定的几棵树。她一次能拎起三只小桶那么多的树液，可是全倒进大桶里就太沉了，她没法拎起来倒进平板车上的大罐子里，每次都只能等弗里兹或者乔来帮她倒。不过她手脚还算快，总是能赶紧又装好一大桶，这样他们就不用费时间等她了。一只手拎得太重了，她又用上了另外一只，她还能两个胳膊轮换着拎，也不会泼洒出来多少。她对付那些盖子也很有一套，一边往左胳膊下一塞，一边就能把树液倒进桶里。小桶都不用放下来她就能用一只手再把盖子盖回去。做什么事都有窍门。昨天干了一天的活儿，胳膊已经麻掉了，眼下她却浑然不觉，好像是疲惫给胳膊催了眠，她却保持了清醒在干活儿。她就这么一直和乔肩并肩干着，直到最后一桶倒完，弗里兹喊道："这是最后一桶了！"

玛莉从没听过这么美妙的句子，从来没有。枫糖作坊也从没像此刻这样看上去这么美好。她走了进去，一屁股坐到那张旧沙发上，爸爸冲她微笑着。

"干得不错啊，"他说，"弗里兹说你就是世界第八大奇迹。"

她累得都顾不上高兴，整个人从里到外瘫了下来。过了一会儿，弗里兹拿了几个鸡蛋过来，放在糖浆里煮熟。鸡蛋的味道真不错，带点儿甜味，就好像糖浆透过蛋壳煮进去了一样。妈妈带了三明治、热咖啡和冷牛奶过来,这棕色的小屋又像以前一样美好了,从未有过的美好。就坐在这里,快乐地吃着东西,就够美好了。即便坐在炉火边,感觉到又冷又湿的背带裤一点一点地变干,就很好。难怪克里斯先生这么喜欢枫糖季,现在她算是明白了。他喜欢的不光是春天来了、温暖的炉火、好吃的味道和甜美的气息,他喜欢的还有砍木头、挂小桶、收树液以及看着水汪汪的树液慢慢变成深琥珀色的糖浆,他喜欢这劳动本身。

吃完了东西,玛莉觉得又有力气干活儿了,一点儿都不累了。

可是一想到克里斯先生,这一切的美好就又变了味,变得沉重起来了,就好像大热天里牛奶上面结的那一层东西一样。跟早上一样,看到弗里兹又去了一趟克里斯家回来,她却仍然不敢去问他情况怎样了。

弗里兹就像往常一样,还没等人问就说话了,还是那些玄玄乎乎的话——"照预期进行中"。

又一天就这么结束了。到了晚上气温下降,弗里兹看着天空说道:"希望别上冻。这些桶里装满了树液,今晚要是上了冻,我们整个这一片的桶都要毁了。"

"什么意思——什么叫都要毁了?"乔问。

"乔,你是我们这里的小科学家,"弗里兹说,"水一结冰会怎么样?膨胀呀,不是吗?哎,要是满满一桶的树液都结了冰,到时候桶上所有的接缝就都会裂开,那就完蛋了。一个开裂的桶还能有什么用呢?"

"那是没用了。"乔说,接着他又赶紧补上一句,"就是说,我们得把小桶倒空,是不是?"

"是的。"弗里兹叹了口气。玛莉知道原因,一想到又要重新开始收集一轮,她从头到脚都痛了起来。

"一轮忙开了头,就一下都没得歇了。"弗里兹说,"这一行有太多的事要盯着。外面,得注意着桶不能开裂;里面,要看着火不能烧过头了——只消十分钟,就能烧掉一只锅子,赔上好几百块钱,那就不是损失一炉树液那么简单了。"

大家安静了一会儿,然后爸爸开了口:"弗里兹,我刚把这一锅熬好,你来看看。"

玛莉屏住呼吸,看着弗里兹看了看糖浆又尝了一口。爸爸已经熬了好几加仑糖浆了,可还是每次都很焦虑。

"弗里兹,我在想,"他说,"可以把我熬的这些和克里斯走之前熬好的那些分开来放。明白吗?也许我这些不够好,怎么可能会一样好呢?说不定他不想让自己的老客户买到这种糖浆。他跟我讲,那些人都从他这里买了好多年糖浆了。"

弗里兹站在那里,尝了一口杯子里的糖浆。"戴尔,我喝着味道很好。"他说着咂了一下嘴。

玛莉喝起来也觉得味道好极了。妈妈还拿了一些回家,晚饭做了煎薄饼。简直想不出来谁会在晚饭时吃枫糖浆,可大家都吃了。爸爸说:"嗨,这是我们的糖浆!"他和乔吃了一大摞薄饼,妈妈说堆起来都能沉掉一艘船了。

爸爸又去枫糖作坊了,玛莉以为自己还会像前一天晚上那样睡着,结果却没有。她洗干净了暖暖地躺在那里,累坏了,却怎么也睡不着。

她老是惦记着克里斯先生。除了干活儿和祈祷,要是她还能做点儿什么就好了!可是一点儿都没有,什么都做不了。她想写张纸条让弗里兹带去,却想了半天不知道该写什么。她明白,没有什么事情是克里斯先生不知道的。她躺在床上,不停地想着克里斯先生就那样躺在医院高高的白床上。她从没见过他躺下的样子,一想到他生病了躺倒在那里,她的脑海里就掠过一阵阴影,就好像是想到了血根草和女巫,或是那些叫"毁灭天使"和"死亡杯"的蘑菇。接着她又想,在树林里,有那么多奇奇怪怪的致命的东西,那些覆满了菌类的木头,石头下面爬来爬去的可怕的小虫子,还有拼命啃着枫树叶的小虫子,有时候那声音听起来简直就像在下雨……

她紧紧地闭上眼睛躺在那里,闭得眼皮都发痛了,然而那些有毒的可怕的凶残的东西却不断地涌进她的脑海里。过了一会儿,她甚至开始觉得有东西爬上了她的皮肤。她还打开灯,在床单里找了半天。什么都没有!当然了,什么虫子也不会有的。

她开着灯,又躺下了,却还是赶不走那些可怕的念头。克里斯先生自己也说过,有许多死物,才会有许多活物。这个念头想起来真叫人害怕。小狐狸要吃可爱的小鸡和小老鼠——她和乔在狐狸洞口看到过小细骨头,还有一堆毛皮和羽毛。就是她那只温顺的小猫,要不是她看着,也会去吃小鸟。有一次在厨房的台阶那里,它就吃掉了一只红雀。

克里斯先生有一回大笑着说:"好了,玛莉,你是不是再也不吃鸡腿或鸡蛋了?再也不吃排骨了?"

大家都为这个笑了起来。她的脑海里又回响起了大家的笑声。万物就是如此的,当然是,一种东西总要吃另一种东西。就是克里斯先生、爸爸、妈妈、乔和她自己,他们也一直在吃鸡腿,他们每一个人都是。可这是有原因的,就像克里斯先生说的,这是为了生存。

可是，克里斯先生为什么会病了呢？她想遍了全世界也想不出来一个理由。克里斯先生就不能再活下去了吗？这没有任何理由。他那么高大结实，像树一样生气勃勃，一直一直，不停地做着各种好事。

可是她又不停地想着克里斯先生砍倒的那棵大枫树，他说过，那是因为"这树的心不行了"。

她试着去想一切愉快的美好的欢乐的事情，她在脑子里列了一连串奇迹的单子，她还给自己背了诗，轻轻地唱歌，把学校里学来的和爸爸教给她的所有歌都唱了一遍。可这一点儿用都没有，最后她实在受不了了，从床上起来,蹑手蹑脚地下了楼。她坐在炉子旁边的椅子上，双脚并拢。但是厨房里很冷，她拨起了一点儿火，添了点儿木头和煤炭进去。她尽量不发出声响，却还是惊动了妈妈。她听到妈妈起床了，接着楼梯上响起了脚步声。

"妈妈，我不是故意要把你吵醒的……"

"没事，我也没睡好，"妈妈说，"大概是太累了。"

"我一直在想克里斯先生。"玛莉说。

还好乔没下来，她可以尽情地哭一会儿。妈妈什么话也没有说，只是热了一点儿牛奶。她们坐在那里，脚搁在炉子口，啜着热气腾腾的杯子。玛莉喜欢这寂静和温暖，和妈妈一起坐在这里听着嘀嗒嘀嗒的钟声和炉火的毕剥声，还有慢慢冒着气的水壶声，她觉得舒适极了。

最后妈妈放下空杯子说："这下跟我回去睡觉吧。"于是她们一起上了楼。

这一次玛莉都不知道自己是什么时候睡着的。醒来的时候，太阳明晃晃的，乔已经和弗里兹出去了。"得快点儿了！"妈妈说。出发的时候，她说："还好没上冻，又挨过了一天。"

树液还在不断地涌出，涌出，就好像地球有着源源不断的供给。怎么会一直这么流下去，一直这么流下去呢？爸爸的脸色很灰暗。弗里兹红着脸，一上午都没怎么说话。到了中午，玛莉和乔也累得说不出话来了。

"这可真是……要是能找到人帮忙的话，大概还行。"弗里兹说，"可我叫过大家，人人都在忙自家的头一轮，跟我们一样。"

"现在我明白克丽西为什么说自己讨厌枫糖季了。"妈妈说。

爸爸把小收音机带去作坊屋子里，夜里能提个神，也算是有个伴。"广播里说，今年是新英格兰地区历史上最好的一个枫糖年。"他说。玛莉从他的声音里分辨不出是高兴还是不高兴，只知道爸爸是想显出很高兴的样子。

弗里兹又像前几天一样去了克里斯先生家。他回来的时候，大家都已经聚在第二片枫树林那里了。乔正赶着马，喊着"驾"和"嘘"什么的，一看到弗里兹来了，他忽然喊了一声"吁"，大家就都等在那里。不过即使远远的，大家就已经看到有什么不大一样了，弗里兹跑上山来，半道上嘴里就在喊着什么。

"今天好多了！"他喊道，微笑着大口喘着气，"克丽西说今晚她大概能回来一下，把这片弄完我去替换她。"

那天下午，玛莉在她的单子上又加了一条奇迹。那就是，一个本来很沉重的桶也可以忽然变得非常轻。那天晚上，她睡得很香。

第十三章

金枪安妮
Annie-Get-Your-Gun

第二天早上山上来了位客人。玛莉看着她上山的，这人瞧着有点儿眼熟，是那种很硬气的女人，戴着一顶很老式的帽子，脖子上围着一圈好大的羊毛围巾。她小心地在满是泥泞的车轮印子里找路走着，带着一脸不高兴的表情。

"这是谁呀？"妈妈说。

乔用手遮在额头往那边看去。"天哪！"他说，"这是我们学校的护士，安妮小姐，是给我们打防疫针的。"

妈妈定定地站在那里，看着安妮小姐上来，然后放下手上的枫糖桶，迎上前去。玛莉能听到他们的说话声，却听不清楚说什么，安妮小姐的语气听起来就像全班没一个学生表现好一样。

妈妈转过身来喊道："玛莉！乔！"

"这位是安妮·奈尔森小姐，"妈妈说，"她说她是本郡的逃学检察官。"

哎呀，老天，逃学检察官！

"我来看看你们是不是生病了，你们两个。"安妮小姐说着，用她那尖利的眼睛从头到脚地打量着乔和玛莉，"可是，看起来我已经很久没见过像你们俩这样的健康标兵了。"

"我跟她说了你们俩的事。"妈妈说着，担忧地皱起了眉头，"可是好像……唉，有规定的——"

安妮小姐看着乔。"你去镇上上学，大家没告诉你他们管我叫什么吗？"她问。她的眼睛闪着锐利的光芒，不过嘴边却好似含着一丝笑意，只是憋着不笑。玛莉是这么觉得的。

"呃，我没听说过。"乔不安地说道。

"哦，他们叫我飞燕金枪①安妮！"她说，"在我管辖的学校里可没人敢随便旷课。"

---

① 飞燕金枪：指安妮·欧克丽，她是 19 世纪中后期美国的一名女神枪手，飞燕金枪是她的绰号。这里的安妮跟她刚好一个名字。——译者注

"我保证,乔不是故意的。"妈妈说,"只是我们现在——"她的眼睛扫过那片枫树林。

"呃,我只知道我就要冻僵了。"安妮说,"我们能不能先进去烤烤火,再聊聊这事?"

"哦哦,当然了。"妈妈说,"我丈夫——我们可以跟他谈谈。我结婚前也当过一阵子老师,我知道是怎么回事,总不能为一点点小事就不让孩子去上学。"

"嗯,是不能。"金枪安妮说道。

他们进屋的时候,爸爸正在往火炉里添柴火。安妮走进门来,站在那里看着爸爸。

"这是我丈夫。"妈妈说。

可是安妮却没有在意,她一边解下围巾一边四处看着。"哎,哎,我怎么说的来着!"她说,"我在这一片长到这么大,还从来没有真正进到山里头来。当然我开车的时候经常路过,看到过那些烟啊蒸汽啊什么的,也听说过这边有什么枫糖地。"

"是枫糖作坊。"乔说。

她看着他。"小伙子,瞧你懂得还真不少啊!"她尖利地说。玛莉想,哎呀老天,在这种时候,面对逃学检察官,乔怎么就不能少显摆一点儿呢。

"是的,女士,我是懂得不少。"乔说。

"快请坐吧！"爸爸热情地说。

可是安妮小姐有好一会儿都没坐下。她绕着蒸馏器转了转，问了好多问题，她想知道熬出一加仑糖浆需要多少树液，还想知道火这么一直烧下去得需要多少木柴。她问了好多问题，用克里斯先生的话说，那都是没法三两下就打发掉的问题。说到三两下——泡泡沸腾上来的时候，爸爸让乔挥了挥那三两下魔法。玛莉也想表演来着，可这毕竟是乔学校里来的检察官，因此她没出声了。

"哎呀，瞧瞧这个！"安妮小姐说，"嗨，这是我见过的最神奇的事了，我都没想过糖浆背后还有这么多事。嗨，我从来就……"接着她又问了好多问题。

最后，爸爸给她尝了一口糖浆。

她站在那里，手中的杯子冒着热气，好似有点儿怀疑地吸着鼻子嗅着。"有点儿烧甜玉米的味道，但比那要好，"她说，"闻起来就像——"她话说了一半停住了。

"闻起来就像春天的味道。"玛莉帮着她说完了。

安妮小姐飞快地瞥了她一眼，满是惊奇。"对，没错，就是这个——像是春天的早晨。"她对着杯口深深地吸了一口气。"没准儿还是雨后的早晨。"她说着，伸出舌头，在边上浅浅地尝了一点儿。糖浆还很烫，她赶紧又收回了舌头。

"让我把这杯子拿到雪地里放一会儿吧,屋子后面还有一块雪没化。"乔说。

糖浆拿回来时,刚刚好可以喝,安妮小姐正和爸爸妈妈坐在那张旧沙发上,吃着煮鸡蛋。

"我得说,我长这么大还没吃过这么好吃的东西呢。"安妮小姐说,"还记得我爷爷以前常说,除了头道枫糖浆,其他的都是白瞎。我看,如今大家都忘记了好东西是什么滋味了。"

"尤其是那些自家做的东西。"妈妈微笑着说,"我们是一年前从城里来的,我们也一直在说着这样的话。"

忽然,安妮小姐兴奋起来。她看看乔又看看玛莉,眼睛在杯子上方闪着光。"孩子们应该都来这里学习学习。"她说,"嗨,每个孩子都应该来这里尝尝——"她又停住了话头,但是玛莉从她的脸上看到了下面的句子:"学校里的每个孩子都该来看看这样的地方,看看我们美国的传统,他们或许听都没有听说过了。"

"克里斯先生和我说过,有时会有一些老师带着学生来这里。"玛莉说。

"田野调查那种。"乔说。

"嗨,那还不错。"安妮小姐喝得饱饱的暖暖的,眼里闪着光芒,"不过这种做糖浆的事是怎么开始的呀?我是说是谁发现能熬出这个——"她指着从最后一个盘子里缓缓流向大罐子里的深琥珀色糖浆,"就从那里。"她又指着后面第一个长盘子,储积罐里正流出水汪汪的树液来。

"克里斯先生说是从印第安人那里学来的。"玛莉说。

安妮小姐转过身来对着她,问道:"可那印第安人又是怎么发现的呢?"

没人知道这到底是怎么一回事,就连弗里兹都不知道。安妮小姐又沿着山路下去了,她说的最后一句话是:"我要去问问有没有人知道印第安人是怎么知道的!"

倒数第二句话是跟妈妈说的:"好了,别担心学校的事,你这两个孩子还得在家待好几天呢。得了麻疹,就要隔离。等好了再回学校,没事的。他们在这枫树林里也是接受教育,我会跟校长说的。"

妈妈望着她走出视线后,微笑着转过身来。"嘻嘻,看来我们已经把她策反了。"她说。

"是糖浆策反了她。"乔说。

但是玛莉知道,这是个奇迹。就是这么奇怪,她想,一个奇迹总能带来另一个奇迹。到了晚上,她更加知道这话有多真切了。他们刚吃完晚饭,电话铃就响了。是玛莉去接的。她喜欢接电话,总是抢在乔前面去接。有时他俩会抓着话筒吵架,妈妈得赶紧把话筒从他们手里抢过来,免得电话那头的人以为这边的屋子着火了。不过今天晚上乔太累了,他都没从椅子上起身。

"你好,我是飞燕金枪安妮。"电话那头说道。

"谁?"有那么一会儿,玛莉惊讶得什么都忘记了。

"安妮小姐,今天早上来枫糖——树林的那个——逃学检察官。"

"哦,对——"

"嗯,我跟校长说了,我还跟督导说了。他们都叫我去跟乔的老师谈谈,我就去了。"

天哪,玛莉想,乔不上学竟然惹来这么多事。

"老师又跟他们班同学说了,于是……要不让我跟你爸爸说吧?"

"我爸爸不在家,他去枫糖作坊了。"玛莉说。

妈妈在一旁听着。"玛莉,让我来说。"她说。

"我妈妈在——"

安妮小姐的声音又响又尖,虽然妈妈拿过了话筒,玛莉还是能听见她说的每一个字。再说了,妈妈把话筒拿得离自己有五英寸远,以免被安妮小姐震伤了耳朵。安妮小姐又说了一遍校长和督导的那几句话,然后她说:"乔的老师同意我说的话,让孩子们来帮忙对他们来说是再好不过的事情了——如果他们能帮上忙而不是添乱的话。或者要么就让几个强壮的男生来？我记得你丈夫说过你们需要人手。"

"啊，是的，我们是缺人手——"妈妈睁大了眼睛。

"嗯，行，你们需要多少人？"安妮小姐轻快地问道，"你先问问你丈夫，我这边明天早晨校车就能把他们拉过去，一点儿问题都没有。"

"啊，那真是太好了！"妈妈说，"我这就去问问他和弗里兹。"

安妮小姐告诉妈妈要往哪里回电话，妈妈颤抖着记下了号码。还没等安妮小姐说完再见妈妈就挂了电话，接着在那里站了有一分钟，脸上满是惊奇。"哎呀，瞧瞧，瞧瞧。"妈妈说。

一小时后她就给安妮小姐回电话了。妈妈说第一天要是能来上十几个人，后面就看看天气再说。弗里兹说眼看着随时都有可能上冻，要是能来人帮忙收树液就太好了。如果上冻了，就得歇上一阵子。然后，当然了，解冻之后，就又是一轮了。

"我们商量好了，男生可以轮流来，"安妮小姐说，"要是得这么着干上一个月的话，谁也不能缺太多课。"

玛莉站在电话旁边，捅了捅妈妈的胳膊肘。"妈妈——

问问她怎么女生不能来。哎,我就能跟乔拎得一样多!"

"你才不能呢!"乔说。

"我能!"

"嘘!"妈妈说。

电话那头沉默了一会儿,接着又响起了安妮小姐的声音。"我听到了——"她说,"我都没想过女生,我也不知道我怎么会没想过,实际上……"她又沉默了一下,"我跟大家谈谈。要是有女生也想来帮忙的话,我看也没什么不可以。"

"也许她们不会想来,"妈妈说,"我们家玛莉跟别人有点儿不一样,她是个假小子——"

"妈妈,我不是!"

"你就是。"乔说。

"等着瞧吧!"玛莉说。

安妮小姐在电话那头笑了起来。她笑得很大声,妈妈不得不把话筒拿得有十二英寸远,不然耳膜就要震破了。"跟你家姑娘说,我今天搞清楚印第安人的故事了,"安妮小姐说,"我在图书馆找到了一本书,是图书馆里的管理员告诉我上哪儿找的。书里说有个印第安女人给她丈夫煮东西吃——呃,就是那种印第安人吃的稀饭什么的,我们现在叫作糊糊吧——反正就是,她不想去泉眼那边打水,刚巧就把锅子放在一棵枫树下面,之前她丈夫在树上插了一支矛,挂了一张弓。她就用滴落到锅子里的这个'树水'做了饭。她丈夫说从没吃过这么好吃的甜糊糊,于是她就说了自己在里面放了什么。从那以后他们每年春天都用那种甜甜的'树水'煮糊糊。"

"这个故事真好。"妈妈说。

"对了,那个督导——说实话我觉得自己简直都没法从他的办公室出来了——他对这个也很感兴趣。他以前也在农场住过,还记得自己的曾祖父曾驾着一队牛车在树林里拉板车的事。他说,那边的泥太深了,马都拉不动。他就坐在树液收集桶的上面——"

她说啊说,看起来学校里的每个人都跟安妮小姐讲了一个故事。

妈妈刚挂上电话,铃声就又响了。这回是克丽西!克丽西说克里斯好多了,说他很高兴今年尽管发生了这些事,糖浆的收成还是不错,这些消息也帮助他好得更快了。尤其是孩子们也帮了忙,这让他倍感欣慰。她说:"他只是担心你们太过劳累,尤其是玛莉。"

听了有关飞燕金枪安妮小姐的事情,她大笑不止,说简直等不及要去告诉克里斯。

第二天校车又像往常一样开过这里,不过很快就又开了回来。男生女生就这样一下子涌满了山头！弗里兹给他们分了组，每次都要带上许多人。就像变魔法一样，小桶很快就倒空了，倒进了收集桶里。还不到中午，大家就都回学校了——甚至包括乔和玛莉。

"你怎么不早跟我说？我也要去。"玛莉跟玛吉说了安妮小姐和同学们还有印第安人的故事，玛吉听完哭嚷了起来。

第二天老师让玛吉也去了。天越来越冷，风转向，从北边吹了过来。那天夜里上冻的时候，每只桶里都只有一点点树液，这样就毫无问题了，一点儿事都没有。桶里就只淤积了一点点树液冰碴，等着下一次解冻的来临。

差不多有一个星期都是这么冷，在下一轮出液之前，克里斯先生写来了第一封信。"我这辈子从没听说过这么好的事情，那么些孩子都来帮忙了。"他写道。他的字迹有点儿飘忽，不过一路写下去就越来越有力，最后是他大大的用力的签名：克里斯。还有一行很大的附言，写道："玛莉，这就像是枫树山的另一个奇迹呀。"

第十四章

克里斯先生尝一尝
Mr. Chris Gets a Taste

克里斯先生从医院回来的前一天，玛莉发现了第一缕春色。枫糖季结束了，她和乔正帮着弗里兹收小桶，就在一棵枫树下，有那么一朵小花站在一片阳光里，是一片干枯叶子中鲜亮的一点儿粉色。

这就像是一个预兆。玛莉小心地将它挖了出来，像克里斯先生告诉过她的那样，带着叶子和泥土一道挖了出来。她想将小花放在花盆里，放到他的床头。

第二天，她从学校回来的时候，爸爸妈妈正在等她。校车迟到了，他们自然还得等乔。玛莉觉得校车慢得简直像不会来了。不过最后他们终于出发了，玛莉拿着她的小小花盆,妈妈捧着一个巨大的蛋糕,她在上面写了字:克里斯先生,欢迎回家!

"克丽西说他的胃口还是那么好。"妈妈说。

克丽西到门廊上来迎接他们,就像他们第一天来的时候那样。大家一齐走上台阶,她大笑着说:"跟你们说吧,有段时间我简直都不知道我们还会不会有这样一天……"

玛莉站在门口让大家先进去。床上传来克里斯先生的声音,还是那样洪亮的大嗓门,一串笑声冲着她翻滚过来。可是他看上去是那么苍白,还裹着一大堆床单。

"我的小姑娘在哪里呀?"他说着,伸出了双臂。玛莉一下子忘记了他所有的陌生之处,朝他奔了过去。他伸出手来一把抱住她,他的身上有一股肥皂水和药物的味道,闻起来一点儿都不像他,一点儿都不真实。然而这的确是他。可是——哦,真糟糕!她把小花盆给忘了。泥土、叶子和那可怜的小粉花洒得一床单都是。

"哎呀,真是!"妈妈说,"玛莉,你总干这样的事!"

"这是第一缕春色,"她说,"我放在花盆里,想要——"

克里斯先生望着棕色的泥土和凌乱的叶子,捡起了小花细长的茎。"真好看,玛莉,"他说,"没想到你都找到一朵花了,我还在想今年春天什么时候才会开花呢。"

"地钱已经打苞了，刚开始。"她说，"这个星期天黄色紫罗兰就会开了。"

他看看克丽西，不知怎么她擦起了眼睛，擤着鼻子。"看来我是回家了，"他说，"一切又重新开始了，对吗？"

大家把床单拿下来，抖干净土，又把花朵重新安放在小花盆里。一时间人人都说起话来，大家都怀着轻松的心情，分外愉快，也为这团聚而高兴。玛莉不再害怕碰一碰克里斯先生或者床他就会碎掉了，她踏踏实实地坐到了床边。

"对了，还有糖浆。"最后，克里斯先生说，"弗里兹说他觉着挺不错的，让我尝一口怎么样？"

大家忽然都安静了下来。是时候了，对吧？就要知道大家的活儿到底干得怎么样了！克里斯先生会知道的。这种事情要学起来很慢，可是他已经做了四十个春天，收了那么多轮，拎过那么多桶，烧过那么多火，他一尝就能知道糖浆好不好。

玛莉看看爸爸，爸爸坐在那里看着地板，拨弄着大拇指。

"克里斯先生，恐怕跟你做的那些不一样，"他说，"哪怕我们用上了温度计——说不准就是因为用了温度计。哎——我们不想把这些糖浆给你的那些老客户，怕毁了你的声誉，所以——"

克里斯先生大笑起来，可是大家都没笑，就连克丽西都没笑。

"所以，"爸爸接着说道，"我们决定把我们做的跟你之前做的那些分开来放，你的那些标签我们也没贴到我们做的那些罐子上面。"

一阵小小的沉默之后，克里斯先生清了清嗓子，说道："戴尔，这肯定没问题——"

"不，不是的，克里斯。"妈妈立刻说道，"你知道我们是怎么想的。唉，戴尔一直都听我说你的糖浆有多棒多棒，每年我们都会收到你邮来的一桶，上面写着'克里斯氏头道糖浆'，还签着你的名字。可他又尝不出来什么好坏。"

"那天我们还收到了从佛罗里达州来的订单，"弗里兹说，"就是那个每年都要特别订上十加仑一箱头道糖浆的人。就像戴尔说的，我们还是跟他说说今年是怎么回事吧。"

克里斯先生微微皱起了眉。"怎么回事？你们不会是烧焦了吧？"他问。

"老天，那可没有！"爸爸说，"哎呀，克里斯，我们简直就像老鹰一样盯紧着呢。真的，自打树液流进锅子里，我们就一刻也没歇地盯着了。"

"那是当然。"弗里兹说。乔点了点头，妈妈也点了点头。玛莉想起那些漫长而寒冷的时光，就连胳膊上的肌肉都像记起了什么似的，猛地一阵酸疼。

"哦，那好，那就让我尝尝吧——"克里斯先生说，"我在医院吃了那么多冒牌糖浆，等不及要尝尝了。上个星期天还吃了薄煎饼配所谓的糖浆呢，就是他们用水冲调出来的一种什么混合液。"

"嗯，那么——"爸爸看看弗里兹。

弗里兹朝门边走去。

"我去拿吧？"玛莉喊道，"我知道在哪里。"

"我去拿，"乔说，"玛莉，那个满满一加仑的桶太沉了，你一个女孩子拎不上楼。"

"什么呀！一加仑就叫重？哼，我可是能从大树底下拎整整四加仑到平板车上去呢，你清楚得很！"

大家一齐笑了起来。爸爸说："好了，抛硬币决定吧。"他从口袋里掏出一枚硬币，"玛莉，你选正还是背？"

玛莉迟疑了，想要找出点儿什么肯定能赢的预兆。忽然她想起了那些狐狸，于是立刻说道："我要背！"

爸爸抛起了硬币，硬币落下来在地上滚了一圈，最后是正面朝上。乔欢呼着朝门边跑去。

"玛莉，克里斯总不能直接从那个大桶里喝吧，是不？"克丽西说，"你能去厨房给他拿一只杯子和一把勺子来吗——"

玛莉跟在乔后面下了楼。乔拖着大桶上来了，玛莉小心地拿着杯子和勺子。大家围成一圈，爸爸打开上面小小的盖子，小心地往玛莉手上的杯子里倒了一点儿糖浆。

"好了。"他说。

"天呀，这回可别再洒到床上了。"妈妈说。玛莉两只手捧着杯子，小心地挪着步子。

克里斯先生探过身，从她手上接过杯子。他们俩的动作都是那么缓慢，不知道的还以为他们拿着的是童话里的什么魔药。比如《爱丽丝漫游奇境记》里面的那种，喝了就能立刻变高或者变小。或者是什么魔法液体，克里斯先生喝了之后就不会再生病，能够长生不老。

他端起来凑到脸跟前，喝了一大口，在嘴里细细地咂摸了一会儿，然后慢慢地吞咽下去，接着微笑起来。

"乔，"他说，"你确定拿的是你们做的，确定没有跟我自己做的那些搞混吗？"

"是的，没有。"乔认真地说着，可大家全都笑了起来。

"我发誓，再品个十年我也喝不出来这有什么区别。"克里斯先生说，他伸头往杯子里看着，像是在看一口井。

"色泽，芳香，什么都没话说！"他说。

"全都是因为有你这个好老师！"爸爸说。

一时间大家又都说起话来：这次一共有多少加仑，今年的收成真不错，这几个星期的枫糖季里天气一直都那么完美等等。匹兹堡的报纸上还有篇文章说，这是宾夕法尼亚州历史上最好的一个枫糖季！

"瞧，玛莉！"克里斯先生说着把她拉到床上的枕头旁边，"这都是因为你来了，都是因为你们来了。"

越过他的头顶，玛莉看到窗外的树上长出了千枝万簇的新芽。一切又要重新开始了，她想，枫树山上的奇迹，永不停息。

图书在版编目(CIP)数据

枫树山的奇迹／(美)索伦森著；陈静抒译.
—昆明：晨光出版社，2014.6（2024.4重印）
ISBN 978-7-5414-6492-8

Ⅰ.①枫… Ⅱ.①索… ②陈… Ⅲ.①儿童文学－长篇小说－美国－现代 Ⅳ.①I712.84

中国版本图书馆CIP数据核字（2014）第114041号

MIRACLES ON MAPLE HILL by Virginia Sorensen
Copyright © 1956 by Virginia Sorensen
Copyright renewed 1984 by Virginia Sorensen Waugh
Published by arrangement with Curtis Brown Ltd through Bardon-Chinese Media Agency
ALL RIGHTS RESERVED.

本书中文简体版由柯蒂斯·布朗有限公司〔美〕授权云南晨光出版社有限责任公司独家出版。未经出版者许可，任何单位或个人不得以任何方式复制、摘录或抄袭本书中的任何内容。

著作权合同登记号 图字：23-2014-037号

FENG SHU SHAN DE QI JI
枫树山的奇迹

出版人 吉 彤

作　　者	〔美〕弗吉尼亚·索伦森
翻　　译	陈静抒
绘　　画	帽 炎
项目策划	禹田文化
责任编辑	李 政　常颖雯　付凤云
美术编辑	刘 璐
封面设计	萝 卜
版式设计	萝 卜
内文设计	包 玉

出　　版	晨光出版社
地　　址	昆明市环城西路609号新闻出版大楼
邮　　编	650034
发行电话	（010）88356856　88356858
印　　刷	固安兰星球彩色印刷有限公司
经　　销	各地新华书店
版　　次	2014年7月第1版
印　　次	2024年4月第16次印刷
开　　本	145mm×210mm 32开
印　　张	6.5
ISBN	978-7-5414-6492-8
字　　数	105千
定　　价	22.00元

退换声明：若有印刷质量问题，请及时和销售部门（010-88356856）联系退换。